Giacomo Casanova

Il duello

© 2023 Culturea Editions

Texte et illustration de couverture : © domaine public
Edition : Culturea (Hérault, 34)
Contact : infos@culturea.fr
Retrouvez notre catalogue sur http://culturea.fr
Imprimé en Allemagne par Books on Demand
Design typographique : Derek Murphy
Layout : Reedsy (https://reedsy.com/)

Dépôt légal : janvier 2023
Tous droits réservés pour tous pays

ISBN : 9791041846498

IL DUELLO

Animum rege, qui, nisi paret, Imperat

hunc frenis, hunc tu compesce catena.

ORAZIO, Ep. I, 2, 62-63

Un uomo nato a Venezia da poveri parenti, senza beni di fortuna e senza nessuno di que' titoli che nelle città distinguono le famiglie dalle ordinarie del popolo, ma educato, come piacque a Dio, nella guisa di quelli che sono destinati a tutt'altro fuorché a mestieri coltivati dal volgo, ebbe la disgrazia, nell'età di ventisett'anni, di incorrere nell'indignazione del governo; e, nell'età di vent'otto, ebbe la fortuna di fuggire dalle sacre mani di quella giustizia, della quale non soffriva di buona voglia il castigo. Fortunato è quel reo che può in pace soffrire la pena che meritò, aspettandone il termine con rassegnata pazienza; infelice è l'altro che, dopo aver errato, non ha il coraggio di compensare le sue colpe e cancellarle, soccombendo puntualmente alla sua condanna. Questo veneziano era un intollerante; fuggì, malgrado che avesse preveduto che, fuggendo, si esponea al rischio di perdere la vita, della quale senza la libertà non sapea qual uso fare; e forse egli non ragionò tanto, ma fuggì ascoltando solamente, come fanno i più vili animali, la semplice voce della natura. Se quel governo, dalla disciplina del quale egli fuggia, avesse voluto, l'avrebbe sicuramente fatto arrestare in viaggio, ma non se ne curò e lasciò in tal guisa che il mal avveduto giovine andasse ad esperimentare che, per vaghezza di libertà, l'uomo si espone spesso a vicende assai più crudeli di una passaggera schiavitù. Un prigioniero che fugge non sveglia mai nella mente che il condannò sentimento d'ira, ma bensì di pietà, poiché fuggendo accresce, cieco, i propri mali, rinunzia al bene del proprio ristabilimento in patria, e resta reo, com'era avanti che cominciasse ad espiare il suo delitto.

Questo veneziano, in somma, in preda del fuoco della sua età, uscì dello Stato per la via più lunga, poiché sapea che la più corta è per lo più fatale a chi fugge, ed andò a Monaco in Baviera, dove stette un mese per ristabilirsi in salute e provvedersi di denaro e di onesto equipaggio, e poi, attraversando la Svevia, l'Alsazia, la Lorena e la Ciampagna, giunse a Versailles il giorno 5 di Gennaio dell'anno 1757, mezz'ora avanti che il fanatico Damien desse la coltellata al re Luigi XV di felice memoria.

Quest'uomo, divenuto avventuriere per forza, poiché tale è chiunque va non ricco pel mondo in disgrazia della sua patria, provò in Parigi i straordinari favori della fortuna e ne abusò. Passò in Olanda, dove condusse a fine affari che gli produssero rilevanti somme, che consumò; ed andò poi in Inghilterra, dove una malnata passione gli fe' quasi perdere il cervello e la vita. Lasciò l'Inghilterra nell'anno 1764, e per la Fiandra francese entrò ne' Paesi Bassi austriaci, passò il Reno, e per il Vesel entrò in Vestfalia, scorse i paesi di Annover e di Brunsvich, e giunse per Magdeburgo a Berlino, capitale del Brandeburgo. In due mesi che vi soggiornò, e nei quali si abboccò due volte col re Federico, grazia che facilmente S. M. accorda a tutti que' forastieri che gliela dimandano per iscritto, conobbe che servendo quel re non avea luogo di sperar gran fortuna, onde partì con un servo e con un lorenese ben istrutto nelle matematiche, che prese seco in qualità di suo segretario: avend'egli intenzione di andar a cercar fortuna in Russia, un uomo tale gli era necessario. Si fermò egli pochi giorni a Danzica, pochi in Königsberg capitale della Russia ducale, e costeggiando il mar Baltico giunse in Mitavia capitale della Curlandia, dove passò un mese, molto onorato dall'illustre duca Gio. Ernesto de Birhen, a spese del quale egli scorse tutte le miniere di ferro del ducato; onde partì poi generosamente ricompensato, attesoché egli suggerì a quel sovrano e dimostrò i modi di stabilire in quelle utilissimi miglioramenti. Lasciata la Curlandia, si fermò poco in Livonia, scorse la Carelia e l'Estonia e tutte quelle provincie, ed arrivò nell'Ingria a Pietroburgo, dove avrebbe trovato quella fortuna che bramava, se vi fosse andato chiamato. Non isperi di far fortuna in Russia chi vi si porta per semplice curiosità: cosa è egli venuto a far qui è una frase che tutti pronunziano e tutti ripetono; sicuro poi di essere impiegato e proveduto di pingue stipendio è colui che a quella corte arriva dopo aver avuto la destrezza di presentarsi in qualche corte di Europa al ministro russo, il quale, se rimane persuaso del merito della persona, ne dà parte all'imperatrice, dalla quale riceve ordine di spedirle l'avventuriere pagandogli il viaggio. A questo tale non può mancar fortuna, poiché non dee poter dirsi che non portava la spesa di gettar via i denari del viaggio in un soggetto di niuna capacità: il ministro che il propose si sarebbe ingannato, e nemmen questo può essere, poiché i ministri se ne intendono d'uomini moltissimo; il solo uomo, alla fine, che non ha e non può avere merito alcuno, è il buon uomo che va là a proprie spese; e questo avviso serva a quello de' miei lettori che ruminasse il progetto di andarvi non chiamato, sperando di divenir ricco all'imperial servigio.

Il nostro veneziano però non perdette il suo tempo, poiché fu sempre suo costume d'impiegarlo in qualche cosa, ma non fece fortuna; sicché in capo ad un anno, provveduto al suo solito se non di lettere di cambio, di buone raccomandazioni, andò in Varsavia. Egli partì da Pietroburgo nel suo legno tirato da sei cavalli da posta e con due servi, ma con poco danaro, di modo che quando incontrò in un bosco dell'Ingria il maestro Galuppi detto Buranello, che andava colà chiamato dalla Czarina, avea la sua borsa già vuota; ciò non ostante ei corse felicemente novecento miglia che dovea fare per arrivare nella capitale della Polonia. In que' paesi chi ha l'aria di non averne bisogno trova facilmente denaro, e non è difficile là l'aver quest'aria, com'è difficilissimo l'averla in Italia, dove non v'è alcuno che supponga una borsa piena d'oro, se prima non l'ha veduta aperta. Italiam! Italiam!

Il veneziano in Varsavia fu molto bene accolto. Il principe Adamo Czartoryski, cui si presentò con una valida comendatizia, il presentò al principe palatino di Russia suo padre, al principe zio gran cancelliere di Lituania e dottissimo giureconsulto, ed a tutti que' grandi del regno che trovavansi allora alla corte. Egli non fu presentato con altro nome che con quello che trasse dall'umile sua nascita, né potea esser ignota a' polacchi la di lui condizione, poiché da una gran parte di que' grandi era stato veduto a Dresda quattordici anni prima, dove avea servito con la sua penna il re Augusto III, e dove avea madre, fratelli, cognati e nipoti. Abbiano pazienza i signori mendacissimi gazzettieri; sono però i poverini degni di compatimento, poiché gli articoli falsi, principalmente quando sono maledici, mettono in voga le loro gazzette molto più dei veri. Il solo aggiunto straniero, che decorava l'esteriore della non mal piantata persona del veneziano, era il troppo strapazzato ordine della cavalleria romana, che appeso ad un brillante vermiglio nastro egli portava al collo en sautoir, cioè come i monsignori portano la croce. Egli aveva avuto quell'ordine dal papa Rezzonico, di felice ricordazione, quando ebbe la bella sorte di baciargli in Roma il sacro piede nell'anno 1760. Un ordine di cavalleria, qualunque ei sia, quando è brillante, è molto giovevole ad un uomo che, viaggiando, ha occasione di comparir nuovo in varie città quasi ogni mese: egli è un ornamento, una rispettabile decorazione che impone a' sciocchi; ond'è necessario, poiché di sciocchi il mondo è pieno, ed inchinati sono tutti al male, sicché quando il calmarli dipende da un bell'ordine di cavalleria che li rende estatici, confusi e rispettosi, è bene lo sfoggiarlo. Il veneziano poi finì di portare quest'ordine nell'anno 1770 a Pisa dove, trovatosi in bisogno di denaro, vendette la sua croce, ch'era adorna di brillanti e di rubini: era egli d'essa già da molto tempo disgustato, poiché decorati della medesima avea veduto varj ciarlatani.

Otto giorni dunque dopo ch'egli giunse in Varsavia ebbe l'onore di cenare in casa del principe Adamo Czartoryski con quel monarca, di cui tutta l'Europa parlava, e ch'egli ardentemente bramava di conoscere.

Alla rotonda tavola, cui sedevano otto persone, tutti poco o molto mangiarono, fuori che il re ed il veneziano, poiché ragionarono sempre e della Russia, molto conosciuta dal monarca, e dell'Italia ch'egli, quantunque d'essa assai curioso, non vide mai. Ciò non ostante molte persone a Roma, a Napoli, a Firenze, a Milano mi dissero di averlo trattato nelle loro case, e lasciai che così dicessero e credessero, poiché corre gran pericolo a questo mondo chi intraprende il difficil mestiere di disingannar gl'ingannati.

Dopo quella cena il veneziano passò tutto il rimanente di quell'anno ed un pezzo del seguente a far omaggio a S. M., a que' principi ed a que' ricchi prelati, essendo egli sempre convitato a tutte le brillanti feste, che si facevano alla corte e nelle magnifiche case de' magnati, e principalmente in quelle della famiglia (così era chiamata per eccellenza l'inclita casa Czartoryski), dove regnava, ben superiore a quella della corte, la vera magnificenza.

Giunse in quel tempo in Varsavia una ballerina veneziana che, con le sue grazie e co' suoi vezzi, si cattivò l'animo di molti, e fra gli altri del gran panattiere della corona Xaverio Braniscki. Questo signore, che oggi è gran Generale, era nel fiore della sua età, bell'uomo che, inclinato fin dalla sua adolescenza al mestier della guerra, avea servito sei anni la Francia. Avea là imparato a sparger il sangue de' nemici senza odiarli, ad andarsi a vendicar senza ira, ad uccidere senza discortesia, a preferire l'onore, ch'è un bene imaginario, alla vita, ch'è l'unico bene reale dell'uomo. La carica dell'ordine equestre di gran Postòli della corona, vocabolo che significa panattiere, l'avea ottenuta dal re Augusto terzo; era decorato dell'ordine insigne dell'Aquila Bianca, ritornava allora dalla corte di Berlino alla quale era stato accreditato dal nuovo re suo amico per certa secreta commissione nota a tutti. Di questo re egli era il favorito, ed a lui dovette in seguito la sua fortuna, poiché ricolmato ei fu di benefici. Vero è anche che il gran favore cui era asceso l'avea meritato col proprio suo valor guerriero, con la fedeltà con la quale gli era stato compagno, quando, qualche anno prima ch'egli fosse eletto re, era stato alla corte di Pietroburgo, dove divenne adoratore delle eminenti qualità, dello spirito e della avvenenza della gran duchessa di Moscova, ora gloriosissima imperatrice. Questo cavaliere meritava realmente la predilezione dell'amico monarca, poiché, come l'era stato quand'egli era suo eguale, così, quando giunse allo splendor del trono, fu sempre pronto e quasi cieco esecutore de' suoi ordini ad ogni occasione, e non con men di fervore, quando si trattava di esporre pei di lui servigio ad evidente rischio la propria vita. Ei fu quell'intrepido, che combatté e si fe' nemica tutta la nazione polacca, e da principio quella considerabil parte, che malcontenta si armò, quando la dieta di convocazione stabilì di porre il diadema reale sulla testa di Stanislao ora regnante, ch'egli adorava. Verso la metà dell'anno 1766 il re gli conferì la molto utile carica di Lofcig, o sia gran cacciatore della corona, mentre giacea ferito dalla pericolosa pistolettata che il veneziano gli die' nel duello di cui siamo per parlare. Per ottenere tal carica, ei lasciò quella di gran panattiere, abbenché di due gradi fosse alla nuova superiore; ma non era lucrativa: il lucro è una sostanza che molti preferiscono ad ogni altra superiorità.

La veneta ballerina non avea bisogno, per farsi rispettare, della protezione del Braniski Postòli della Corona, poiché tutti l'amavano, e godea anche di altre più segnalate protezioni, ma pure il favore dell'intrepido e bravo Postòli, cavaliere risoluto e di non facile accesso, accresceva il di lei credito, e tenea forse in freno quelli che in divisi partiti teatrali sono qualche volta cagioni alle virtuose di non piccioli disgusti.

Il veneziano era per genio e per dovere amico della veneta ballerina, ma non in guisa che per applaudire alla sua danza fosse divenuto nemico di quella di un'altra prima ballerina, fra gli amici della quale esser egli solea, avanti che la veneziana arrivasse alla corte di Varsavia. Ciò era di mal animo da questa danzatrice sofferto. Le sembrava che non le convenisse il soffrire in pace che l'unico suo compatriotta, che trovavasi in Varsavia, fosse nel drappello di quelli che applaudivano alla sua rivale, piuttosto che nel suo. Una donna di teatro, che sostiene una concorrenza, aspira alla vittoria con tanta ansietà, che è nemica dichiarata di tutti quelli che non le prestan mano a soggiogare chi vuol starle in competenza ed a trionfare. Questo e' il modo di pensare di tutte le eroine della scena; dominate dall'ambizione e dall'invidia, non sanno perdonarla a quelli che sostengono l'emula, siccome non v'è favore che non sieno pronte ad accordare in premio dell'abbandono a chiunque riescano ad allontanare da' ferri dell'altra, se possano imaginarsi contribuire molto quel tale a mantenere l'altalena della bilancia.

Erasi ella molte volte lagnata col suo Postòli, alla testa allora del suo partito, dell'ingratitudine del veneziano; ma egli non sapea che fare: solamente le promise che, se l'occasione se gli presenterà, saprà mortificarlo, nel modo medesimo che ne' passati giorni avea mortificato altra persona che non potea naturalmente esser d'essa parziale. L'occasione, benché strascinata pel collo, non tardò molto a presentarsegli.

Il 4 di Marzo, giorno di San Casimiro, fu solennizzato da gala di corte, per chiamarsi con questo nome il principe gran ciambellano fratello del re. Dopo il pranzo S. M. disse al veneziano che avrebbe piacere di udire cosa egli pensasse della commedia polacca che per la prima volta avea fatto che in quel giorno con attori, come già s'intende, polacchi, venisse rappresentata sul suo teatro di Varsavia. Il veneziano promise al re di essere tra' spettatori, supplicandolo a non voler poi ch'egli ne dia parere, poiché quella lingua gli era affatto ignota. Sorrise il monarca, e tanto bastò perché il veneziano abbia in quell'augusta assemblea ricevuto un grande onore. Quando i monarchi si trovano corteggiati in pubblico dalla numerosa assemblea de' loro ministri, degli ambasciatori e de' forestieri, hanno attenzione ad indirizzare una qualche domanda a tutti quelli che vogliono che sieno sicuri che la maestà loro si avvede che trovansi a lei presenti; quindi pensano a quale specie di questione possan fare a questo o a quello cui vogliono fare l'onore del colloquio, la quale sia non suscettibile di seria riflessione, non equivoca, non tale che l'interrogato possa rispondere che non sa; e sopratutto parlano schietto e preciso, poiché non dee mai avvenire che la persona, chiamata dalla voce regia a parlare, abbia a rispondere: Sire, non ho inteso ciò che V. M. mi ha detto; questa risposta farebbe ridere l'assemblea, poiché assurda è l'idea che offre o un re che non fu inteso per non aver saputo spiegarsi, o un cortigiano che non intende un re che gli parla. Il cortigiano, nel caso che non abbia inteso, o abbassa con un gesto di riconoscenza il capo, o risponde ciò che gli viene in bocca, e, a proposito o no, va sempre bene.

Le parole poi che il sovrano dice in pubblico a qualcuno debbono esser freddure; ma qualche cosa dee dire; se no l'affare è notato, e tutta la città sa, la mattina seguente, che un tale è mal veduto in corte, poiché il re a cena non gl'indrizzò mai il discorso. Queste bazzecole sono notissime a tutti i sovrani, compongono anzi uno de' più importanti articoli del loro catechismo, poiché con occhi d'Argo fino al più piccolo de' loro gesti è attentamente dagli astanti esaminato; le loro parole poi, per poco che ne siano suscettibili, sono soggette a cento differenti interpretazioni.

Mi trovai, nell'anno 1750, a Fontanablò nel circolo di quelli che assistevano al pranzo, o (per meglio dire) guardavano la regina di Francia a mangiare. Il silenzio era profondo. La regina, sola alla sua tavola, non guardava che le vivande, che le veniano poste innanzi dalle sue donne, quando, gustando essa di un piatto a segno di volerne la replica, alzò maestosamente lo sguardo, ed accompagnando gli occhi col girar lento del capo, a differenza di certe signore poco accorte del nostro paese, che non girando che i soli occhi sembrano spiritate, scorse in un istante tutto il circolo; poi fermatasi sopra un signore, il più grande di tutti, e quello forse al quale solo era a lei conveniente di fare tanto onore, dissegli in chiara voce: Je crois, monsieur de Lowendal, que rien n'est meilleur d'une fricassée de poulets. – Io credo, signor Lowendal, che una fricassea di polli sia il migliore di tutti i cibi. Egli (avanzatosi già di tre passi tosto che udì la regina a pronunziar il suo nome), rispose con voce sommessa, serio, e guardandola fisso, ma col capo chino: Je suis de cet avis-là, Madame. – Tale, o Madama, è il mio parere. Detto questo, ei ritornò, tenendosi curvo, in punta di piedi e camminando all'indietro, al luogo dov'era, e 'l pranzo si terminò senza che si pronunziasse più parola.

Io ero fuori di me. Tenevo gli occhi fissi su quel grand'uomo, che pria non conoscevo se non per nome e pel famoso espugnatore di Berg-op-Zoom, e non potevo concepire come avesse egli potuto tenersi dal ridere, egli, maresciallo di Francia, a quella frase da cuoco, che la regina si era degnata d'indrizzargli, ed alla quale egli avea risposto con lo stesso serioso tono e con quella gravità con la quale in un consiglio di guerra avrebbe opinato per la morte di un uffiziale colpevole. Più vi pensavo, e più sentivo a venirmi meno la forza, che impiegavo per trattenere lo sbruffo del riso che mi strangolava. Guai a me, se non avessi avuto il vigore di trattenerlo! mi avrebbero preso per un solenne pazzo, e Dio sa cosa mi sarebbe avvenuto. Da quel giorno in poi, cioè per un intero mese che passai a Fontanablò, trovai ogni giorno in tutte le case dove andai a pranzo, la fricassea di polli che cuochi e cuoche componevano a gara, sostenendo che la regina avea detto il vero, ma che vero altresì era, che non v'era nella cucina francese piatto più difficile di quello. Io poi non seppi mai intendere come quel piatto potesse in fatti esser tanto difficile, mentre il trovavo dapertutto, e dapertutto egualmente perfetto, ma mi guardavo di spiegarmi, poiché, dopo che la regina ne aveva fatto l'elogio, mi avrebbero fischiato. Fu deciso che non v'era che il cuoco della regina che potesse vantarsi di comporlo alla perfezione.

Quella parola che quel giorno il re di Polonia disse al veneziano per non sapergli che dire, fu cagione del duello, poiché, se il re non gliel'avesse comandato, è cosa certa che egli non sarebbe mai andato ad annojarsi alla commedia polacca. Egli vi andò, e, dopo il primo ballo ch'ei vide, stando dietro alla sedia del re nel palchetto proscenio, avendo osservato che S. M. avea battuto le mani alla ballerina Casassi, gli venne voglia di andar in scena a complimentarla, poiché il re quel giorno non era stato generoso del suo applauso che ad essa sola. Egli andò prima in passando a fare una visita alla ballerina veneziana nel suo camerino, dove stavasi alla sua teletta per il secondo ballo, ma non v'era entrato appena, che videsi comparire d'innanzi il Postòli assai torbido in ciera. Il veneziano, vedendolo comparire accompagnato dal Bissinski vestito alla polacca e tenente colonnello del suo reggimento, se ne andò facendogli umilissima riverenza. Que' cortigiani galanti, che fanno al di là de' monti cortesi visite ne' loro camerini alle sedicenti virtuose, usano andarsene allorquando un nuovo visitatore arriva; e questa si chiama urbana civiltà, poiché è impiegata per far piacere a due, ed il patto tacito è reciproco. In Italia la cosa si fa altrimenti. Chi arriva il primo non se ne va mai più. Ei sa che fa rabbia; ma ha piacere. Uscendo dallo stanzino, il veneziano incontrò dietro una quinta Madama Casassi e si trattenne con essa, facendole complimento sull'applauso che avea riscosso dal monarca e scherzando con lieti motteggi su varie cose. Ma ecco improvvisamente il Postòli, il quale dovea esser uscito dal camerino dove l'avea lasciato nulla per altro che per inseguirlo ed attaccarlo. Se gli piantò d'innanzi, e, guardandolo incivilmente come fanno i sartori da capo a piedi, gli domandò cosa facesse là con quella donna. Il veneziano, che con quel signore non avea mai parlato, non poco sorpreso gli rispose che trattenevasi là con essa per farle complimenti. Il Postòli allora gli domandò se la amava, ed ei gli rispose che sì. L'interrogatore soggiunse che l'amava anch'esso e che non era suo costume il soffrir rivali. Il veneziano gli rispose che di questo suo gusto egli non era informato.

Dunque, disse il Postòli, voi dovete cederla a me. Il veneziano, con tuono alquanto scherzoso: benissimo, signore, gli rispose; ad un bel cavaliere come voi non v'è uomo che non debba cedere: io vi cedo dunque questa amabile signora pienamente, e con tutti i diritti che posso aver sopra di lei. Così mi piace, soggiunse il Postòli con faccia brusca, ma un poltrone che cede, quando ha ceduto f..t le camp. Queste parole, che scrissi in francese, perché in francese parlavano, e perché mal si possono tradurre, sono quelle vilissime che per dir va via impiega un uomo altero, superiore ed incivile verso un uomo vilissimo al quale, servendosi di questo stile, non solo vuol dar segno di sommo disprezzo, ma vuol minacciare di subitanea risoluzione a via di fatto, se pronto non ubbidisse.

Il veneziano, che per sua mala o buona sorte intendeva il francese, e che fin dalla sua più tenera età si era avvezzato a resistere al primo moto, il quale, veramente indegno dell'uomo che ragiona, il trasforma in bestia, e per il quale io rido che le leggi abbiano stabilito di aver misericordia, seppe moderarsi, frenar la tentazione fortissima che gli venne di uccider sul fatto il brutale ed incamminarsi tosto verso la scaletta, che conduceva giù dalla scena, avendo solamente detto al superbo insultatore, prima di muovere il primo passo per andarsene, guardandolo fisso in faccia e ponendo la sua mano sinistra sulla guardia della sua spada: c'en est trop: – questo è troppo. La disfida non era dubbiosa, poiché poteva essere ancora più laconica: la mano sulla guardia della spada dovea bastare, un movimento, un gesto, un batter d'occhio. Mentre il veneziano con lentissimo passo se ne andava, il Postòli disse ad alta voce, sicché l'intesero anche due ufficiali ch'erano di là poco distanti: Quel poltrone veneziano prende, andandosene, il buon partito; j'allais l'envoyer se faire f....e: – Ero per mandarlo a farsi, etc., alle quali parole l'altro, senza voltarsi, rispose: Un poltron vénitien enverra dans un moment à l'autre monde un brave polonais: – un veneziano vigliacco, da qui a un pochetto, manderà all'altro mondo un valoroso polacco. – Se al termine, benché grossolano, di poltron, egli non avesse accoppiato l'epiteto di veneziano, avrebbe forse l'altro sofferto l'affronto; ma una parola che vilipende la nazione, non v'è, a mio credere, uomo che possa soffrirla. Dopo aver così detto andò sulla porta del teatro ad aspettarlo, con intenzione di andar sul fatto, benché la notte fosse molto oscura, in qualche luogo, a dare o a ricevere qualche stoccata e terminar così l'affare; ma si trattenne in vano per mezz'ora senza veder alcuno, e la pioggia agghiacciata cadea sulla neve, onde mezzo intirizzito si determinò a far avanzare la sua carrozza e ad andarsene alla casa del principe palatino di Russia, dove sapea che il re dovea portarsi a cena.

Il veneziano fu prudente a soffrire nel loco in cui si trovava l'insolente ingiuria del Postòli, poiché il re trovandosi con le guardie a quel loco molto vicino, ogni di lui moto violento, benché picciolo, sarebbe divenuto di gran conseguenza; ma egli non potea dissimular l'affare. Due uffiziali furono presenti alla scena ed il Bissinski fido amico del Postòli, sicché egli rimase immerso nella più seria perplessità.

Senza determinarsi a nulla giunse a gran trotto alla casa del principe palatino, dove trovò alla assemblea il fiore della nobiltà.

Il principe, tosto che il vide, fece la partita di tresette, e, come solea, sel prese per compagno; ma egli giocando non facea che spropositi, de' quali rimproverato dal principe, gli rispose ch'era con la testa quattro leghe lontano dal loco in cui giocava. Il principe, dicendo con aria serena che bisogna aver la testa non altrove che là dove si gioca, gettò le carte sulla tavola, e la partita finì. Arrivò allora un uffiziale di corte a dire che il re non sarebbe venuto a cena, onde il palatino ordinò che le tavole fossero subito imbandite.

Dispiacque molto al povero forastiere ingiuriato che il re non venisse, poiché avrebb'egli comunicato a S. M. l'ingiuria che il Postòli aveagli fatta, ed il sovrano avrebbe accomodato tutto, obbligando l'ingiusto insultante a dare all'offeso qualche sufficiente risarcimento; ma l'affare dovea definirsi in modo assai diverso.

Sedettero tutti a cena, ed al capo della tavola bislunga egli sedea presso il principe palatino, alla sua sinistra. Parlavasi di cose liete, ed a tutt'altro egli pensava fuori che a parlare della sua disgrazia, che avrebbe desiderato che potesse rimanere occulta a tutta la terra, allorquando a mezza la cena arrivò il principe Gaspare Lubomirski generale al servigio di Russia, che andò a sedere al capo opposto della tavola, alla quale trenta in circa potevano esser quelli che mangiavano. Quando questo principe si vide in faccia di lui all'altro capo, gli disse ad alta voce che gli dispiacea della lacrimevole avventura ch'eragli sopravvenuta al teatro; a tal complimento, che andò a ferirgli l'anima, e ch'egli buonamente sperava che non avesse ad essergli fatto da alcuno, per non essersi l'affare ancora divulgato, non ebbe la forza di rispondere, ma nulla di meno il principe Gaspare seguitò, forse malignamente, a confortarlo, dicendogli che l'offensore era ubriaco, che convenia sprezzar la cosa, che la stima, che tutti faceano della sua persona, non sarebbe a cagione di ciò per diminuirsi, e cento simili crudelissimi conforti che, invece di calmarlo, l'accendevano, della qual cosa il palatino avvedendosi, gli domandò con bontà a bassa voce, che affare era quello: egli pregò Sua Altezza ad aspettare fino dopo cena, che testa a testa glielo comunicherebbe. Vedevasi però tutti all'altro capo della tavola a parlare e ad ascoltare il principe Gaspare, mentre l'altro moria di vergogna, vedendo fissi sopra di lui gli occhi di tutta la compagnia da quel lato.

Terminatasi la cena, il principe palatino il trasse in disparte, e da esso fedelmente circonstanziata intese tutta la miserabile istoria. Avea quel principe, ascoltandolo, il dolore dipinto sul maestoso suo volto, ed arrossia che fosse in Varsavia un uomo onesto sottoposto a simili vigliaccherie. Terminata la sua narrazione, ei domandò al principe cosa il consigliasse di fare nel caso in cui si trovava; alla qual domanda rispose ch'era suo costume di non dar mai ad alcuno il suo consiglio in pari casi: conviene all'uomo onesto in simili frangenti, diss'egli sospirando, far molto, o nulla affatto. Così dicendo il principe si ritirò, e l'altro, fattosi dare la sua pelliccia, uscì dal palazzo, entrò nel suo legno, e si avviò alla sua casa, dove coricossi subito e dormì saporitamente sei ore. Svegliato prese certa medicina, che erano già due settimane che prendea, per guarire da certo male che allora l'affliggea e che l'obbligava dopo presa a starsene per lo meno sei ore a letto. Fatto ciò, si accinse a spicciare le lettere sue e quelle che indispensabilmente dovea in quel giorno di mercordì, giorno in cui partia il regio dispaccio per l'Italia, mandar alla corte. Accingendosi a questo lavoro, ricapitolò ciò che gli era avvenuto col Postòli la sera della non ancor scorsa notte; riandò il proprio contegno e ponderò le parole che il principe palatino di Russia gli avea detto, richiesto di consiglio, ed in quelle sagge parole, che glielo negavano, ei lo trovò. Molto, o nulla.

Pensò prima al nulla, e si ricordò che Platone nel Gorgia dicea che l'eroismo consiste nel non far ingiuria ad alcuno, onde ne segnia che dovea più pregiarsi colui ch'era capace di soffrirla, che l'altro che impunemente avea saputo farla. Che non essendo egli uomo di guerra, mestiere che chi il professa dee convincere il mondo che non fa caso della vita, e fuggir la nota di spauroso come fugge l'infamia, era dispensato dalla sovrana legge di uccidere chi l'insultò o di farsi dallo stesso uccidere; onde potea con intrepida ed altera fronte dichiararsi seguace del gran filosofo, che dice chiaro nell'ep. VII, ch'è meno disonore sopportar gravissime ingiurie che farle. Pensò poi anche che era questa la massima di un cristiano, e si rimproverò che Platone si fosse presentato alla sua mente un momento prima del Vangelo. Ma, riflettendo poi col maledetto orgoglio attaccato alla natura umana, esaminò il modo del pensare de' filosofi della corte, li quali espressamente o tacitamente vogliono che l'onor regni e che l'onore sia modellato dal codice militare, per accelerare il trionfo del quale i monarchi medesimi ne portano addosso pomposamente le insegne. Egli vide che, se l'avesse fatta alla platonica, sarebbe stato un buon cristiano ed un bravo filosofo, ma non meno perciò disonorato, e vilipeso, e forse cacciato via dalla corte, o escluso dalle nobili assemblee con maggior obbrobrio.

Tale è il nostro secolo. Tocca alla filosofia a lagnarsene, e quelli che vogliono seguire le di lei massime debbono abitare da per tutto fuori che nelle corti.

Se il povero oltraggiato avesse preso il partito di pacificamente ingoiare l'amara pillola, tacendo o palesando la cosa a quella neutra torma d'oziosi che sfoggiano il freddo e vuoto titolo di comuni amici, avrebbe trovato in folla mediatori che, con l'apparenza del maggior zelo, si sarebbero impegnati di riconciliare i discordi, ma egli sapea qual era ordinariamente de' mediatori il costume: tutti per massima preliminare più favorevoli all'offensore che all'offeso; tale essendo la malignità dell'umana natura, che gode sempre del male avvenuto, ed è perciò portata sempre a favorire chi l'ha fatto, ridendo in sé di chi ha sofferto l'oltraggio e studiando di sminuirlo con sofistiche ragioni, sotto lo specioso pretesto del desiderio del bene della pace.

Un vero amico d'un uomo oltraggiato, o lo aiuta a vendicarsi, o fa come fece il principe palatino di Russia, il deplora e lascia ch'ei faccia ciò che gli viene suggerito dal sentimento d'onore ch'egli ha, che non è dato ad alcuno l'indovinare di qual calibro sia. Il mediatore in generale fa sempre più o meno di ciò che l'offeso può desiderare. Un uomo che opera così non ha d'amico altro che il nome; nome che non merita quando pretende che l'amico voglia, non ciò che vuole, ma ciò che a parer suo dee volere, e che non si contenta di consigliare, ma, ergendosi, affetta superiorità di mire e di prudenza. Queste sono parole di Cicerone; e per questo le distinsi.

Fattesi dall'oltraggiato queste riflessioni in tempo assai minore di quello ch'io ho impiegato a scriverle, si determinò a far molto. Si risolse a sfidare a duello quel cavaliere che l'avea vilipeso, unico modo in que' paesi ed in altri ancora col quale un uomo onesto, offeso da chi non ha sopra di lui diritto alcuno, può lavare la macchia che la ricevuta ingiuria gl'impresse.

Se gli offesi, chiamando in giustizia gli offensori, potessero lusingarsi di esser per ottener dal giudice una pingue sentenza in loro favore, potrebbe darsi che i duelli non avvenissero tanto di frequente, malgrado le infelici massime del punto d'onore; ma l'esperienza fa che non possano sperar niente più di una fredda scusa o di una ridicola ritrattazione, che secondo il parer di certi pensatori sembra più atta ad accrescere la macchia che a toglierla. In Inghilterra però un uomo che ha detto ad un altro una parola offensiva, se tradotto in giustizia non può provare di avergli detto il vero, è mezzo rovinato.

Questa riflessione è quella che porta certuni a chiamar in duello chi li insultò ed a farsi anche spesso da' medesimi uccidere.

Rousseau il moderno a questo proposito ne dice una delle sue: dice che i veri vendicati non sono già quelli che uccidono, ma quelli che costringono i loro offensori ad ucciderli. Confesso di non aver lo spirito abbastanza elevato per esser in questo del parer del sublime ginevrino, quantunque il pensiero sia peregrino, nuovo e suscettibile, per chi volesse giustificarlo, di sottili ed assai eroici ragionamenti; di quelli de' quali vanno in traccia i pensatori moderni, che propriamente sono beati quando possono con sofismi fare che paradossi diventino aforismi. − O il Postòli, discorrea il veneziano, accetta la mia sfida, o la rifiuta; se l'accetta, eccomi risarcito, qualunque sia per essere la sorte del duello; se la rifiuta, sono ciò non ostante vendicato, poiché sfidandolo gli dimostro che non lo temo e che chiudo in seno un core intrepido ed un animo che m'induce a non far più caso della propria vita, dopo che fu ottenebrata da un insulto; e con tal passo lo sforzo a stimarmi ed a pentirsi di aver oltraggiato un uomo ch'egli non può più spacciare per vile, perché il vede pronto ad immolarsi al proprio onore. Si aggiunga che, se il Postòli rifiutava il duello, il veneziano divenia padrone di accusarlo di poltroneria e di dire apertamente che non si credea più macchiato da quell'ingiuria, dacché avea scoperto che l'ingiuriatore era un vil poltrone, dal quale un uomo d'onore non può mai essere offeso, poiché il disprezzo lo pone nella linea de' pazzi.

Lo sfidar a duello chi offese è un natural impulso di un animo, che l'educazione seppe rendere moderato e padrone di frenar la brutalità de' primi moti. Un animo barbaro, che una nobil educazione non avvezzò a reprimere i primi impulsi, rispinge offesa con offesa, e tenta, condotto dalla sua passione e da natural disio di vendetta, di privar di vita chi il vilipese, senz'esporsi al rischio di divenir esso medesimo la vittima del suo proprio diritto.

In conseguenza di questo ragionamento, fondato sulla conoscenza del core umano e sulla forza de' dominanti pregiudizi, egli si dispose senza frapporre tempo alcuno a scrivere al cavaliere un biglietto, il quale in fatti lo sfidasse, ma che di tal tempra non potesse essere giudicato dalla giustizia, in ogni caso che potesse sopraggiungere, in un paese nel quale sotto pena di morte erano vietati i duelli. Questo è quanto contenea il biglietto, di cui la fedel copia originale esiste tra le mani di chi ora scrive questo fatto.

Monseigneur,

Hyer au soir, sur le théâtre, Votre Excellence m'a insulté de gaieté de coeur, et elle n'avoit ni raison, ni droit d'en agir ainsi vis-à-vis de moi. Cela étant, je juge, Monseigneur, que vous me haïssez; et que par conséquent vous voudriez me faire sortir du nombre des vivants. Je puis et je veux contenter Votre Excellence.

Ayez la complaisance, Monseigneur, de me prendre dans votre équipage, et de me conduire où ma défaite ne puisse pas vous rendre fautif vis-à-vis des lois de la Pologne, et où je puisse jouir du même avantage, si Dieu m'assiste au point de tuer Votre Excellence.

Je ne vous ferais pas, Monseigneur, cette proposition, sans l'idée que j'ai de votre générosité.

J'ai l'honneur d'être, Monseigneur, de Votre Excellence le très humble et très obéissant serviteur.

G.C.

ce mercredi, 5 mars 1766, à la pointe du jour.

Eccellenza,

Jeri sera dietro alla scena Ella mi offese senza motivo e senza dritto alcuno di procedere verso di me in simil guisa. Ciò essendo, giudico che V. E. mi odj e che, per conseguenza, brami di farmi uscire dal numero de' vivi. Posso e voglio contentarla.

V. E. si compiaccia di prendermi seco nella sua carrozza e di condurmi in luogo nel quale, uccidendomi, Ella non abbia a divenir reo violatore delle leggi della Polonia, e nel quale io possa goder dello stesso vantaggio, se con l'assistenza di Dio mi riuscisse di uccider Lei.

Se non sapessi quanto sia grande la sua generosità, non farei a V. E. questa proposizione.

Ho l'onor d'essere, oggi mercordì 5 Marzo allo spuntar del giorno,

Di V. E.

L'umil. dev. oss. Servitore G. C.

Copiato e sigillato questo biglietto, egli scosse dal sonno un cosacco, che dormia sempre vestito sulla soglia della sua stanza, ed il mandò portatore del biglietto alla Corte, all'appartamento del Postòli, e gli ordinò di consegnarlo senza nominare chi lo mandava e di ritornar subito a casa. Così ei fece. Non passò mezz'ora che un paggio del Postòli venne a consegnare nelle proprie mani del veneziano la seguente risposta, scritta di sua mano, sigillata con le sue armi.

Monsieur,

l'accepte votre proposition, mais vous aurez la bonté, Monsieur, de vouloir bien m'avertir quand j'aurai l'honneur de vous voir. Je suis très parfaitement, Monsieur,

Votre très humble et très obéissant

Serviteur Branicki P.

5 mars 1766.

Signore,

Accetto la vostra proposizione, ma avrete la bontà, Signore, di voler bene avvertirmi quando avrò l'honore di vedervi. Sono perfettissimamente, Signore,

Vostro Um. ed Obbed. Servitore.

Dal nobile laconismo di questo biglietto si conosce che il Postòli non esitò neppur un minuto ad accettare la sfida, e che fu anzi un piacere per lui quello di riceverla. Scorgendo in un attimo di aver offeso un uomo che nol teme, gli venne un pensiero che gli trafisse il core: ebbe timore che lo sfidatore potesse immaginarsi di aver a fare con un poltrone, e forse di atterrirlo. Rifletté che l'uomo che lo sfidò si crede forse più bravo di lui, e se ne rise. Gli venne poi in pensiero che ebbe forse la disgrazia d'insultare un uomo intrepido, e quindi riconobbe per suo religioso dovere quello di risarcirlo, anche uccidendolo se abbisognasse, ma onorandolo nel medesimo tempo e compiangendolo poi che abbia voluto farsi uccidere per non saper soffrire da lui una picciola ingiuria; non indifferente in questa riflessione al piacere di un nuovo trionfo. Quindi si affrettò ad accettar la sfida, acciò l'altro, supponendolo timoroso, non avesse tempo di accrescersi il coraggio. Gli venne anche un altro pensier maligno. S'imaginò che lo sfidatore, sfidandolo, abbia sperato ch'egli non accetti la sfida. Accettò dunque, e si lusingò ch'ei fosse per inciampare in qualche poltroneria, la quale poi potesse giustificar lui, dimostrando al mondo che alfine non avea insultato che un vile. Desiderò però nel fondo del suo core che lo sfidatore fosse uomo valoroso, poiché non avviene mai che un bravo stimi un altro più bravo di lui, onde prevede la sua vittoria sempre più gloriosa, e della vittoria nel suo core è sicuro. Questi sono i pensieri che in simili occasioni albergano nell'animo dell'uomo veramente nobile. L'uomo nobile, che ha offeso, non va in traccia di sotterfugi per esimersi dal dare all'oltraggiato tutte le soddisfazioni. Quelli che non sono pronti a darle sono infingardi, se pure non dimostrino che le persone che offesero meritavano d'esserlo, o erano in debito d'essere anime vili insensibili ad ogni affronto; ovvero tenuti dall'umiltà della loro condizione o dalla doverosa subordinazione a dissimularlo.

Contento il veneziano di avere condotta a buon termine la faccenda, rispose sul fatto così:

Je me rendrai, Monseigneur, demain matin jeudi, à l'antichambre de V. E.; j'attendrai votre réveil, et j'aurai toute la journée libre. Vous ne sauriez penser, Monseigneur, combien je me crois honoré par la réponse que V. E. m'a faite. J'ai l'honneur, etc.

Domani mattina giovedì aspetterò nella sua anticamera che V. E. si svegli, ed avrò libero tutto il giorno. V. E. non può figurarsi quanto io mi senta onorato dalla sua risposta. Ho l'onore d'essere, etc.

Egli consegnò la risposta al medesimo paggio, il quale ritornò un quarto d'ora dopo con questo biglietto dell'impaziente Postòli:

Je ne consens pas à transporter à demain une affaire qu'on doit terminer aujourd'hui. Je vous attends chez moi d'abord. Marquez-moi, en attendant, les armes et le lieu, etc.

Non acconsento a trasportare a dimani un affare, che si deve terminar oggi. Vi aspetto qui subito. Nominatemi intanto le armi e il luogo, etc.

Il veneziano gli rispose:

Je n'aurai point d'autre arme que mon épée, et quant au lieu ce sera celui où V. E. me conduirà, hors de la starostie de Varsovie; mais pas avant demain, puisqu'auiourd'hui j'ai un paquet à remettre au roi, j'ai pris médecine, et j'ai un testament à faire. Je suis, etc.

Non avrò altre armi che la mia spada e, quanto al luogo, mi piacerà quello dove V. E. mi condurrà fuori della starostia di Varsavia; ma replico che ciò avverrà dimani, poiché oggi ho un pacchetto da rimettere al re, ho preso medicina, ed ho a fare testamento. Sono, etc.

Mezz'ora dopo che questa lettera fu spedita, il veneziano, il quale era a letto, rimase un poco sorpreso di veder il Postòli comparire solo nella sua stanza e di udirlo a dirgli che avea a parlargli di affare segreto. Onde udite queste parole, alquanti subalterni, che si trovavano per caso nella stanza, non aspettarono di esser pregati di partire; i due principali attori rimasero soli ed il Postòli si assise sul letto. Perdoni il lettore se chi scrive ha qui bisogno di divenir drammatico per essere fedelissimo nella storia ed abbastanza chiaro.

Postòli (seduto sul letto del veneziano). – Sono venuto per domandarvi se pensate prendervi giuoco della mia persona.

Venez. – Come mai! Io ho per la vostra persona, o signore, il maggior rispetto che aver si possa.

Post. – Mi mandate una sfida e, dopo ch'io l'ho prontamente accettata, cercate di guadagnar tempo. Questo non si fa. Se sentiste l'affronto che pretendete ch'io vi abbia fatto, dovreste aver più fretta di me di scaricarvene.

Venez. – Dell'ingratissimo peso mi sento già di molto alleggerito dal momento che vi siete impegnato di battervi meco. Una dilazione di ventiquattr'ore non è considerabile; la nostra rissa, dopo un accordo, è divenuta tale che può accoppiarsi con la cortesia. Chi ci affretta ad andarci a battere oggi più tosto che domani?

Post. – La persuasione in cui sono che, se non ci battiamo subito, non ci batteremo più.

Venez. – Chi potrà impedircelo?

Post. – Un comune arresto d'ordine regio.

Venez. – E come? chi potrà far nota a S. M. la nostra intenzione?

Post. – Io no per sicuro.

Venez. – E men'io.

Post. – Non so; conosco i strattagemmi della vostra nazione.

Venez. – V'intendo, ma v'ingannate a partito. La mia nazione ha insegnato la bravura e la civile politezza alla vostra, e, per quanto dipende da me, vi sforzerò a rispettarla. Sappiate poi che son tanto lontano dallo scruttinar strattagemmi per ischivare di cimentarmi con voi che, per aver un tal onore, farei cento leghe a piedi, tanto è grande la stima che ho del vostro personaggio; e sappiate ancora ch'io ho sopra di voi un vantaggio, ed è ch'io non credo voi capace di una viltà.

Post. – Mi rallegro che mi conosciate perfettamente. Io non sono tenuto ad aver di voi la buona opinione che voi avete di me, poiché voi dovete sapere che non vi conosco. Vi dirò bensì che la vostra sfida mi fa ben augurare di voi, ma col differire il cimento mi date di voi un saggio che vi è assai svantaggioso. Non facciamo tante parole; battiamoci oggi e datemi così una convincente prova che non chiudete in mente i disegni che sono indotto a sospettar che coviate.

Venez. – Ho una medicina in ventre, ho lettere a scrivere di somma importanza, e debbo fare un picciolo testamento.

Post. – Da qui a sei ore la medicina avrà oprato; le lettere potrete scriverle dopo che ci saremo battuti, e, se soccombete con la vita, credetemi, che non vi verrà ciò, da chi resterà al mondo dopo di voi, annotato a gran mancamento; quanto poi al testamento, in verità mi fate ridere; voi prendete un duello per cosa troppo seria; non si muore, no, tanto facilmente; sappiatelo. Non abbiate paura. Voglio che in questo voi pensiate come me; sono picciole bagatelle. Vi dirò in somma in due parole che, dopo che mi sfidaste e ch'io accettai, ho dritto di dirvi che o voglio battermi oggi o mai più. Voi mi avete inteso.

Venez. – V'intesi tanto bene che mi avete persuaso, anzi convinto. Sarò pronto ad andar in vostra compagnia a battermi con voi oggi tre ore dopo mezzogiorno.

Past. – Così mi piacete: bravo; ma ho ancora una cosa a dirvi.

Venez. – Ditela, di grazia.

Post. – Voi mi avete scritto che le vostre armi saranno la vostra spada; e questo è un sogno.

Venez. – Perché?

Post. – Perché io posso dispensarmi dal battermi con la spada con qualunque uomo ch'io non conosco, essendoché voi potete di quel giuoco essere troppo abile maestro ed in tal guisa aver sopra di me un troppo grande vantaggio, poiché non ne so di più di quello che convenga sapere ad ogni cavaliere, la professione del quale è la guerra.

Venez. – Potreste rifiutare un maestro di scherma, ve l'accordo, ma non me, che naturalmente credo di saperne meno di voi, essendoché il vostro mestiere non fu mai il mio.

Post. – Vi replico che non vi conosco. Ci batteremo a colpo di pistola. L'arma è eguale, e facilmente con essa eguale può essere il valore.

Venez. – La pistola è troppo pericolosa. Con mio sommo dolore potrebbe avvenirmi la sciagura di uccidervi, ed egualmente potreste, malgrado vostro, senza forse molto odiarmi, uccider me. Dunque no pistola. Con la spada alla mano spero che non mi avverrà di ferirvi mortalmente, e poche stille del vostro sangue abbondantemente mi compenseranno dell'affronto con cui mi avete lordato. Così a voi non riuscirà, tanto porrò ogni studio a tenermi bene in guardia, se mi feriste, che il pungermi leggermente la pelle, e quella poca quantità del mio sangue mi avrà sufficientemente lavato dalla brutta macchia con cui mi avete annerito. Ricordatevi, in somma, che mi avete dato la scelta dell'armi, che scelsi la spada, e che non voglio battermi che con la spada, e che ho il diritto di sostenervi che non dipende più da voi il rifiutarla.

Post. – È vero, non posso negarlo: io non sono più in dritto di ritirare la mia parola; ma se vi domandassi ciò, come si domanda ad un amico un piacere?

Venez. – Un piacere! Uomo barbaro!

Post. – Sì un piacere. Ascoltatemi. Cominceremo il nostro duello con un buon colpo di pistola cadauno, e poi se vorrete ci batteremo alla spada a sazietà. Questo è il piacere che vi chieggo. Potrete negarmi un così tenue favore che vi domando?

Venez. – Se è poi vero tanto fermamente, come mi dite, che questo vi paia un piacere, quello di contentarvi diventa un piacere anche per me. Sarete servito, ci manderemo entrambi un buon colpo di pistola; ma lasciatemi ridere, perché egli è di una specie che credo non abbia molto del voluttuoso. Vi prego intanto di portar con voi due pistole da duello, poiché io non ne ho che di corte.

Post. – Porterò meco arme perfette. Mi avete sensibilmente obbligato. Vi ringrazio e vi stimo. Porgetemi la vostra mano. Verrete meco ed andremo a batterci con la più intera reciproca soddisfazione, e saremo poi buoni amici. Verrò a prendervi in punto all'ore tre dopo mezzogiorno. Mi promettete voi di esser pronto?

Venez. – Vi prometto, signore, che non vi occorrerà nemmeno di salire queste lunghe scale. Mi troverete prontissimo.

Posi. – Tanto mi basta. Addio.

Tosto che il veneziano rimase solo, mise in pacchetto sotto sigillo le scritture che avea presso di sé importantissime; e, dopo aver ben pensato di qual persona gli convenisse servirsi, della di cui fede potesse credersi sicuro, si determinò a scegliere un veneziano maestro di ballo, dimorante allora in Varsavia, chiamato Vincenzo Campioni. Egli mandò a cercare quest'uomo e, consegnandogli il pacchetto, gli domandò s'era pronto a giurargli di eseguir fedelmente una commissione che a lui importava più della propria vita. Egli impegnossi. Il veneziano gli disse allora Se alla fine di questo giorno potete parlarmi, mi rimetterete questo pacchetto; se no, andrete a rimetterlo tra le proprie mani di S. M., e, se questa mia commissione vi fa in questo momento formare qualche sospetto, vi avviso che, se osate comunicarla a qualcuno, divenite verso di me un traditore e divenite il più atroce de' miei nemici. Quest'uomo, che sapea ciò ch'era avvenuto tra il veneziano e il gran panettiere nel giorno innanzi, e che l'avea per caso veduto quella stessa mattina uscire dalla di lui casa, s'immaginò che trattavasi di un duello. Egli temea molto per la vita del veneziano, ch'egli avea cagione di amare; e dipendea da lui l'andar tosto a riferire ogni cosa al sovrano, onde il conflitto non avrebbe avuto luogo, ed avrebbe allontanato dall'amico il pericolo di perder la vita o la libertà; ma così non oprò: se avesse così oprato sarebbe stato un vile, uno spergiuro, un poltrone, un traditore, insomma, un falso amico.

Il vero amico non sa far nulla che ad intera soddisfazione dell'amico, e crede mal fatto tutto ciò che a qualcun altro sembrerebbe meglio fatto in diversa guisa. Il vero amico è ammirabile negli affari, ne' quali interesse o gloria impedisce l'interamente spiegarsi. Facilissimo è il fargli vedere e capire ciò che non si vuole nè mostrargli, nè dirgli, ed a cagione di quella riserva non si offende, nè s'impiega con meno calore di quello con cui si sarebbe impiegato, se l'amico con lui si fosse affatto spiegato, affidandosi alla di lui discrezione. Il vero amico in somma non può essere contento di sé medesimo che tanto quanto rende soddisfatto colui per il qual opera, non avendo altro interesse in ciò che fa, se non il solo dell'amico per cui s'impegna.

Il falso amico, all'opposto, è sempre mal soddisfatto della maniera con cui è impiegato; abbonda di tacite riflessioni; si forma sempre qualche interesse personale nell'affare che gli viene appoggiato; ed ha sempre qualche segreta mira che non ardirebbe confessare. Quando fa d'uopo penetrare il senso sostanziale della cosa, l'eseguisce ad verbum, e, quando non conviene staccarsi in modo alcuno dalla parola, va ghiribizzando raffinamenti. Egli ha sempre o mal letto, o mal inteso, e con lui nessuno si è mai abbastanza spiegato. Posto ch'egli ebbe in sicuro l'involto, pensò a desinare delicatamente, onde diede sopra di ciò gli ordini opportuni e mandò a pregare due dotti giovani cavalieri, affettuosi fratelli, che l'onoravano della loro amicizia, di portarsi a pranzar seco a mezzogiorno. Le vivande squisite, il buon vino e la buona compagnia di persone scelte, e sopra tutto bene affette, compongono un nutrimento che colloca un uomo sano nel sommo grado di quella perfezione di cui è capace. Un pasto tale mette in un fermo equilibrio i fluidi, corrobora i solidi, dà tutto il necessario vigore a tutte le facoltà fisiche ed una letizia allo spirito che sveglia tutte le virtù, le quali, unite all'eccitato coraggio, costituiscono quell'individuo attissimo ad intraprendere qualunque importante azione, nella quale abbia bisogno di tutto se stesso, e sopra tutto di non aver a rimproverarsi qualche mancamento se non riesce con felicità, onde gli esaminatori dell'azione possano dopo l'avvenimento dire ch'egli si regolò male. Ciò era noto al veneziano: egli sapea che le facoltà del corpo e dello spirito rimangono a cagione del mangiare e del bere sopite ed ammorzate in quelli ch'eccessivamente ne usano, onde sopravvien loro, dopo preso il nutrimento, quel letargo che chiamasi sonno, del quale la natura non avrebbe quel pronto bisogno, se non l'avessero stancata, oppressa e mortificata col soverchio, grossolano, o mal ammannito mangiare. La cucina francese, che giustamente gode dell'applauso universale, non genera, in quelli che ne conoscono i pregi, nè intempestivo sonno, nè indigestione, nè pentimento in chi senza ingordigia sa gustarne le delizie. Non v'è uomo, non v'è donna che non sia, dopo un delicato pranzo più bella, più eloquente, più animata, più cortese e più giudiziosa e più presente a se stessa, feconda di bei pensieri e di peregrine invenzioni atte a procurar onesti e leciti piaceri a questa misera umanità che, se si lascia andare abbandonata a se stessa, è una fonte inesausta di miserie, di noje e di affannosi dissapori.

Siccome dunque procede dal buon cibo la salute del corpo, non si dovrà dubitare che da esso non derivi anche la tranquillità dello spirito, che non può aver altro moto che quello che riceve dalle impressioni fisiche. Guai poi a quelli che si sono meritati al mondo il nome che li disegna per mangiatori. Rari sono fra questi quelli che sappiano cosa sia ben mangiare; l'ingordigia è il loro nume, e se li contempliamo non discerniamo nè nel loro corpo, nè nel loro spirito, verun segno del felice nutrimento di cui io qui sopra feci l'elogio. Il soverchio mangiare genera malattie, accorcia la vita e rintuzza le facoltà dell'anima.

Dulcia se in bilem vertent, stomacoque tumultum

Lenta feret pituita. Vides ut pallidus omnis

Cœna desurgat dubia? quin corpus onustum

Hesternis vitiis animum quoque pregravat una,

Atque affigit humo divinæ particulam auræ.

Dopo aver ben pranzato ed amalgamato il cibo con puro vino di Borgogna, egli pregò la compagnia di andarsene. Il giorno di corriere questa preghiera non può parer incivile. Restato solo, si mise in punto di non fare aspettare il Postòli che, secondo l'accordo, poco potea stare a comparire. Egli arrivò all'ora stabilita a gran trotto di sei cavalli, che tiravano una carrozza inglese da quattro persone. Scese presto il veneziano le scale e si trovò alla portiera del legno, mentre il Postòli era per uscirne. Nel legno si ritrovava oltr'esso un ciamberlano ajutante di campo generale del re ed uno de' suoi cacciatori. L'aiutante generale, che sedea presso il Postòli, cedette il loco al veneziano, sedendosi sul d'innanzi; ma questo, tenendo già il piede sullo staffone del cocchio, sospese l'entrarvi quando in un'occhiata vide, oltre i postiglioni, cacciatori, volanti, staffieri e paggi, anche un altro ajutante generale a cavallo con un servo che avea alla mano due cavalli bardati. Egli rivolse allora il capo e disse a' due suoi servi, che erano per montar dietro la carrozza, che nol seguissero, ma stessero là ad aspettar i suoi ordini. Il gran panettiere, udendo ciò, gli disse: Lasciate che vi seguano, poiché potrebbe avvenire che aveste bisogno di essi; il veneziano gli rispose: – giacché non posso condur meco un numero di servi eguale al vostro, non voglio neppure que' due miserabili; voi ne avete abbastanza per far servire anche me, se ne avessi bisogno. Posso sperarlo? – Sì, egli rispose, e vi prometto da cavalier d'onore, che vi farò servire in preferenza di me medesimo. E, ciò dicendo, gli porse la mano, che l'altro strinse entrando in carrozza e ponendosi presso di lui. Partirono subito, e non seppe dove andassero, nè si curò di domandarlo.

Non erano ancora fuori della città, quando parve al veneziano una civiltà quella di rompere il silenzio. Egli domandò dunque al Postòli se pensava di far la sua dimora in Varsavia nella futura estate; alla qual questione egli rispose: Così avevo divisato di fare, ma voi forse sarete cagione che dovrò fare altrimenti. Il veneziano gli rispose che sperava di non aver ad esser cagione di cosa alcuna, che fosse per dispiacergli. – M'immagino già, rispose l'altro, che abbiate carattere di gentiluomo, o che abbiate servito in guerra... – Il veneziano, interrompendolo, gli disse che non si era mai trovato tanto nobile quanto in quel giorno; ma perché, soggiunse egli, guardando il Postòli in viso, mi fate voi questa dimanda?

– Non so perché, rispose l'altro vivacemente e sorridendo, per non sapere che altro dire: non ne parliamo più, vi prego. E non se ne parlò più. Malgrado la molta neve i cavalli, correndo assai bene, arrivarono due ore e mezza avanti notte a Wola, ampio giardino appartenente al conte di Bruhl, gran generale dell'artiglieria della corona, che allora trovavasi a Dresda.

Inoltratosi nel giardino il Postòli, con l'altro a fianco e seguito da tutta la sua comitiva, si fermò sotto una pergolata di figura ovale, non più lunga di dieci pertiche, che avea nel mezzo una tavola di pietra. Su questa tavola il suo cacciatore, cui egli fece un cenno, depose un paio di pistole di lunga misura e brillanti dal forbito acciajo, e con esse una picciola ferriera ed un astuccio, d'onde quell'uomo trasse polve, palle e bilancia, con una specie di mulinello necessario a caricare quell'arme. Dopo ch'ei mostrò ch'eran vuote ai due principali attori, che attentissimi stavano guardando il di lui lavoro, scelse due palle adattate e di egualissimo peso e calibro, e pesò due eguali quantità di polvere, ed indi le caricò. Caricate che furono, il gran panattiere con viso cortese pregò il veneziano di dar di mano a quella di quell'arme che più gli piacesse, essend'egli per servirsi dell'altra. La voce allora dell'ajutante generale del re impedì il veneziano dal prontamente scegliere. Qui si tratta, diss'egli in tedesco, di un duello, e ciò io non soffrirò. – Voi non dovete sapere, risp_segli il Braniscki, di che si tratti; tacete e state a vedere, e quando avrete veduto potrete parlare. – Non posso ignorar nulla, replicò l'altro, siamo nella starostia di Varsavia, io sono oggi di guardia, mi avete con inganno levato dalla corte per rendermi complice di un delitto che mi tirerà addosso lo sdegno di S. M. Alle vostre idee, giacché mi avete fatto venir qui, io mi oppongo. – Come volete opporvi? disse l'altro sorridendo: il re vi perdonerà quando saprà che voi siete stato presente al fatto per sorpresa, e pel rimanente acchetatevi, poiché prendo sopra di me tutte le conseguenze dell'affare, cui per buone ragioni vi voglio presente. Avete inteso? Scostatevi dunque due passi e lasciateci fare. Son cavaliere d'onore e debbo dar soddisfazione a chiunque crede aver dritto di domandarmela, e voglio dimostrar a quest'italiano «que je sais payer de ma personne,» che so sempre bastar a me medesimo. – Tocca dunque a voi signor C....... (replicò al veneziano l'ajutante generale) a schivar questo duello: vi invito a rimettere ogni vostra cagione di lagnanza a S. M., e vi avviso che qui non potete battervi, poiché siete nella regia starostia. Il veneziano allora rispose che non pensava a battersi ma a difendersi, il che avrebbe fatto anche se fosse in chiesa; ma che se si trattava di dar un segno della sua venerazione al re, (e ciò dicendo, levossi il cappello) rimettendosi a lui pel compenso di un torto che il signor Postòli gli avea fatto, era pronto a tutta la sommissione purché a ciò l'invitasse il medesimo Postòli, e ch'era anzi pronto a non pretender soddisfazione ulteriore, se egli volea allora, lui presente, dirgli che gli dispiacea di avergli detto jeri quelle oltraggiose parole. Con faccia brusca allora il Postòli, guardando fisso in faccia il veneziano, gli disse: Monsieur! je ne suis pas venu ici pour raisonner, mais pour me battre, – io non venni in questo luogo per discorrere, ma per battermi. – L'ajutante generale allora levò gli occhi al cielo e, percotendosi con la sua destra la fronte, ritirossi due passi. Il Postòli con aria serena levossi la pelliccia, che un paggio raccolse, e si slacciò la spada che consegnò allo stesso paggio. L'altro si vergognò di non imitarlo: fece anch'esso lo stesso e consegnò la sua spada allo stesso paggio, ma con dolore, poiché non sapea come l'affare potesse andare, e così oprando rimanea disarmato. Pensò un istante che potea tener la sua spada a fianco, richiamando al Postòli il patto di sguainarla dopo un colpo di pistola, ma temette di dimostrarsi men cortese del cavaliere, o troppo eccitato da mal animo. Il Postòli allora gli replicò che desse di mano ad una di quell'armi che incrociate erano sulla tavola, il che egli eseguì prendendo quella di cui il calcio era verso lui rivolto, e prontamente il Postòli afferrò l'altra dicendogli queste medesime parole: L'arme que vous tenez, Monsieur, est parfaite; j'en suis garant. – Quell'arma che scegliesti è perfetta, ve ne faccio io la sicurtà. Al qual complimento di formalità venne in bocca all'altro questa troppo vera risposta: Actuellement, Monseigneur, je le crois, mais je ne le saurai qu'après en avoir fait l'expérience contre votre tête; prenez garde à vous: – Ora, signore, credo ciò, ma nol saprò che dopo averne fatto l'esperienza contro la vostra testa; tenetevi bene in guardia. Di più non dissero, ma con arme basse, guardandosi in faccia, retrocessero lentamente entrambi dieci passi, onde restarono dieci passi geometrici lontani uno dall'altro, distanza ch'era quasi tutta la lunghezza della pergolata. Il veneziano, che aveva già montata la pistola tenendone la bocca verso terra, si adattò in fianco, come se dovesse battersi alla spada, ma senza punto allungar la guardia, ed in questa positura, levandosi il cappello e, portandolo al ginocchio sinistro, disse al Postòli: Votre Excellence m'honorera de tirer le premier. Egli rispose: Mettez–vous en garde. L'altro in un istante si mise il cappello, portò la stessa mano al suo sinistro fianco, alzò con l'altra mano la pistola, e, quando la vide dritta al corpo del Postòli, la sparò: nel medesimo istante il cavaliere sparò la sua, sicché i vicini non udirono che un sol colpo, tanto è vero che scaricarono nello stesso tempo. Se il Postòli non avesse perduto tempo, è cosa certa che avrebbe tirato avanti l'altro e l'avrebbe forse ucciso; ma egli perdette almeno tre secondi a rispondere all'altro: mettez–vous en garde (cosa alla quale non toccava a lui a pensare) ed a estendersi sul suo corpo, allungando a tutto suo potere la sua guardia, in modo che l'altro non potea più vedergli la testa, contro la quale supponea che il veneziano mirasse, in conseguenza delle parole che gli avea detto; parole, che egli disse per un modo di dire, non già con intenzion di eseguirle, poiché troppo disavantaggio ha il duellante che prende di mira il capo dell'avversario e non il petto. Il veneziano, dopo aver detto all'avversario: fatemi l'onore di tirare il primo, non si credette tenuto a supporre che differisse nè a troppo allungare il civil complimento aspettando tutto il comodo dell'altro, nè pensò al fievole vantaggio di farsi più picciolo allungandosi sulla guardia, ma nella non incomoda positura in cui era, senza punto muoversi nè batter occhio, con polso fermo sparò, e nello stesso tempo che si sentì ferito alla mano sinistra, che cacciò presto nella saccoccia della giubba, vide il Postòli sostenersi con la sinistra a terra per non cadere, e l'udì dire: Je suis blessé. Gettò via il veneziano la pistola e corse ad esso, ma a mezza strada vide due sciabole polacche pendenti sopra lui pronte a tagliarlo in pezzi; e gli sarebbero già piombate addosso, poiché erasi fermato ed immobile attendea i due fendenti, se con voce di atroce collera il guerriero, che sostenevasi appena, vedendo que' sciagurati non avesse gridato: Canaille, respectez ce chevalier. – Canaglie, rispettate questo cavaliere[1] A questi accenti si vergognarono quegli infingardi (alla polacca però veri amici del Braniscki) e si ritirarono. Corse il veneziano alla sinistra del generoso, e con la sua destra sotto l'ascella il sollevò, mentre alla dritta era accorso l'affannato generale ad aitarlo. In questa guisa il Postòli, camminando curvo sostenuto dai due e seguito dai suoi, giunse all'osteria cento passi di là

---

1   Da chevalier in francese a cavaliere in italiano passa una gran differenza. Perdonino quelli che non hanno bisogno di quest'avviso.

distante, dove sdrajato sopra una gran sedia volle veder la sua ferita. Fu prestamente, supino come si tenea, sbottonato, ed alzatagli da' servi l'insanguinata camiscia sino al petto, si vide che la palla eragli entrata nel corpo fra la terza e quarta costa spuria alla dritta, ed era uscita descrivendo una diagonale lunga un palmo verso il mezzo dell'ippocondrio sinistro, lasciando illesi gl'intestini; tanto era egli allungato ed esteso quando ricevette il colpo. Mentre i suoi servi mondavangli il ventre dal sangue di cui era tutto bruttato, il veneziano, che stavagli a fianco in piedi, osservò ch'egli volgea di tempo in tempo gli occhi al di lui ventre, onde gettando egli il guardo sopra se stesso, si avvide ch'era tutto grondante di sangue che uscivagli dal ventre, della qual cosa si maravigliò, ma non fece alcun movimento.

Quando il Postòli vide l'orribile propria ferita, sereno in faccia ordinò che corressero alla città tutti in traccia di chirurghi, ed all'altro, che tenevasi appoggiato alla spalliera della sedia, disse: Monsieur, vous m'avez tué, j'ai le cordon de l'aigle blanc et une charge dans la couronne; les duels sont défendus, et nous sommes dans le district de Varsovie; vous serez condamné à mort; sauvez-vous; servez-vous de mes chevaux, dont je croyais de devoir me servir moi-même, allez en Livonie et si vous n'avez pas d'argent, acceptez ma bourse. Mi avete ucciso, ho l'onore dell'Aquila bianca ed una carica nella corona; i duelli sono proibiti, e siamo nel distretto di Varsavia; sarete condannato a morte; fuggite; servitevi de' miei cavalli, de' quali credevo dovermi servire io stesso; ricovratevi in Livonia; e se non avete denaro accettate la mia borsa. Il veneziano ammiratore di tanta virtù, gli rispose con l'angoscia nell'anima: Accetterei, signore, le vostre offerte, se pensassi a fuggire; vado in Varsavia a farmi medicare, e spero che pericolosa non sia la ferita, di cui mi avete astretto ad esser autore. Se fossi pol reo di morte, vado a portar la mia testa a' piedi del trono. – J'accepterais vos offres, Monseigneur, si je pensais à me sauver. Je vais à Varsovie me faire soigner de mes blessures, et le veux espérer que celle dont vous m'avez forcé à être l'auteur n'est pas dangereuse. Si le suis coupable de mort, je vais porter ma tête aux pieds du trône. Detto questo, gl'impresse un bacio sulla sudata fronte, e partì solo, gettandosi ad attraversare un campo coperto di neve per cogliere una slitta che vedea giungere a buon trotto di due cavalli sulla strada maestra. Senza quella slitta che mandogli la provvidenza, egli si sarebbe trovato a mal partito, poiché a piedi pericoloso gli sarebbe stato il portarsi alla città e difficile, a cagione del molto sangue che perdea dalla mano e dal ventre, e degli angosciosi dolori che la ferita della mano, che cominciava ad inasprirsi, gli recava.

Questo fatto fece divenir lecito al veneziano queste seguenti critiche riflessioni.

Il Signor Postòli il condusse seco solo, essend'egli accompagnato da dieci persone; e questa fu una soperchieria, poiché, s'egli rimanea morto, quegli amici suoi uccidevano il suo uccisore. Ciò fu dimostrato dal fatto, ed in simili materie il punto d'onore e la delicatezza esigono che si supponga tutto. Gli promise di battersi con la spada dopo una mutua pistolettata, e, sul campo di battaglia levandosela, costrinse la delicatezza dell'altro a far lo stesso, onde l'espose al sommo dei pericoli. Quando entrò nel di lui legno, gli giurò da cavalier d'onore che il faria servire in preferenza di lui medesimo, e nol fece, sicché senza quella slitta, che gli fu certamente mandata dal suo angelo custode, egli rimanea esposto alla furia dell'indemoniato Bissinscki, che gli avrebbe tagliato il capo netto, il quale diavolo arrivò dieci minuti dopo, come si vedrà.

Il colpo di pistola che gli diede Postòli il colse un pollice sotto l'umbelico: sdrucciolò la palla a fior di carne, lasciandogli una poco considerabile ferita che per altro suppurò per molti giorni ma che sul fatto non sentì, ed entrò nella sua mano sinistra nei muscoli del pollice, ed infrangendo la prima falange rimase dentro morta e schiacciata, come fu veduta quando il chirurgo per estrarla fu costretto ad aprirgli la mano alla parte superiore opposta.

Entrato nella slitta in virtù di un zecchino che diede al paesano che la guidava, si sdrajò e si fece coprire da una stuoja, più per ripararsi dalla neve che il trotto de' cavalli facea saltar dentro, che per nascondersi. Buon fu per lui il trovarsi così coperto e non esposto alla vista di alcuno, poiché non avea ancora fatto un miglio che incontrossi col Bissinscki, che a cavallo di carriera aperta con la sciabola sfoderata correa, sperando d'incontrarlo per tagliarlo in minuti pezzi con tanto buon core, con quanto l'amoroso pastore dà un'archibugiata al lupo che incontra traendo seco sul collo l'agnella, che gli uccise e rubò. Il Bissinscki avrebbe eseguito il suo polacco progetto senza né pure idearsi che creatura ragionevole avesse potuto chiamare la sua azione men che onesta, non che spacciarla per un tradimento; tanto sembra eroica oggidì ancora a' polacchi la vendetta. Egli non poté mai immaginarsi ch'ei fosse sotto quella stuoja, onde seguitò a correre verso l'osteria, dove l'amico suo ferito stava aspettando ristoro, e 'l veneziano giunse in Varsavia, dove, non avendo trovato alcuno alla casa del principe Adamo Czartoryski, si determinò a ricoverarsi nel convento de' zoccolanti.

Essendosi egli presentato, il portinaio, che nol conoscea, vedendolo tutto sporco di sangue e supponendolo perciò un malfattore, era per chiudergli la porta in faccia, ma il veneziano non gli diede tempo; entrò a forza gettandolo con le gambe all'aria. Accorsero molti frati allora, e 'l guardiano istesso, il quale si determinò a dargli una stanza. Non passò mezz'ora che quella stanza si vide piena de' primi signori della corte e de' più accreditati, poiché il Postòli in sostanza, quantunque intrepido e valorosissimo, era considerato come il maggior nemico della nazione, e favorito del re, avea la maledizione che hanno tutti i favoriti, era temuto ed odiato o invidiato da tutti. I più cospicui tra magnati si affrettarono dunque di accorrere al convento, chi per udire la storia del fatto, chi per assicurar il ferito di protezione, chi per offrirgli danaro che non accettò e che se fosse stato saggio avrebbe accettato; ma trovavasi troppo in que' momenti in preda del demone dell'eroismo. La necessità però il costrinse ad accettare cento zecchini dal principe palatino di Russia, e dal figlio principe Adamo il trattamento intero della tavola giornaliera, non per lui che fu tosto condannato alla dieta, ma per chi portavasi all'ora di pranzo ad onorarlo. Un chirurgo francese accorse tosto ad aver cura di lui, il quale dopo avergli cacciato sangue, gli aprì il di sopra della mano presso al pollice, gli estrasse la palla, gli passò nella ferita un cordone di seta, gliela fasciò, e poi gli ordinò un medicamento, perché dicea che sgombro da ogni materia dovea essere lo stomaco di un ferito e che dovea poi esser lasciato senza nutrimento alcuno, eccettuato quello di semplice brodo; al qual ordine il veneziano non osò opporsi, come avrebbe desiderato, quando udì quel chirurgo, che pregiavasi d'intendere il latino, fulminargli l'aforismo: Vulnerati fame crucientur. L'operazione che il chirurgo gli fe' per trargli dall'interno della mano la palla, fu dolorosissima; ma egli imparò che non v'è dolore materiale che un animo risoluto non possa dissimulare: mentre il chirurgo oprava, egli narrava il fatto al palatino di Calich Tuardouski e ad altri magnati astanti, e poté, malgrado il dolore che sentia, né dar segno di sentirlo, né interrompere il suo racconto. Il non posso è troppo di frequente sulle labbra dei mortali; per l'uomo che vuole, vi si trova assai di raro.

Il principe Stanislao Lubomirski allora Strasnik, ora gran maresciallo della corona, dotto e dolcissimo signore, portossi alla stanza del veneziano al cominciar della notte, e narrogli la scena ancor più tragica avvenuta dopo il duello. Il furioso Bissinscki quando, giunto a Vola, vide l'amico in quello stato, e seppe che il veneziano se n'era andato, diè nelle smanie; rimontò a cavallo determinato di andarlo a cercare ne' più cupi ripostigli, non già per isfidarlo a duello, ma per ucciderlo di presenza in qualunque luogo fosse per ritrovano. S'immaginò dunque, tornando in Varsavia, ch'egli si fosse ricoverato in casa del conte Tomatis, italiano anch'esso, del quale sapea che il veneziano era amico. Si figurò anzi che dal Tomatis medesimo poteva il veneziano esser stato spronato a chiamare il Postòli in duello, per vendicarlo di una vilissima ingiuria che avea dovuto soffrire dal Postòli poco tempo avanti, e per la quale avrebbe meritato che il Tomatis l'avesse ucciso sul fatto. Ma se anche il Bissinscki non avesse pensato a ciò, egli dovea certamente credere che gratissimo fosse riuscito al Tomatis il modo con cui il veneziano avea abbassata e punita l'insolenza del troppo ardito cavaliere, onde gli parve indegno di vivere ed andò determinato di uccider lui, se in di lui casa non ritrovasse l'altro.

Scese da cavallo nella corte, montò furibondo le scale, e, trovato il Tomatis in bella compagnia di donne o di cavalieri, dimandò che gli si desse subito tra le mani il veneziano, alla qual dimanda avend'egli risposto che non sapea dove la persona ch'egli volea si trovasse, l'altro si trasse di tasca una pistola e gliela sparò alla testa. Il colpo andò a vuoto. Il conte Mozinski, Stolnik della corona, amabile, dotto, generoso e vigorosissimo, che trovavasi là presente, corse ad afferrare a traverso il furioso per gettarlo dalla finestra; ma avend'egli per disgrazia libero il braccio dritto, lanciò al Mosinski due fendenti, con uno de' quali gli ferì il braccio sinistro, e con l'altro tagliogli la faccia imprimendogli una lunga ferita che dall'alto della guancia sinistra scendevagli fin sotto la bocca alla destra, avendogli tagliato il labbro e quattro denti con grave ferita nelle gingive. Fatto ciò, rapidamente corse sul principe Stanislao Lubomirski che trovavasi parimenti in quella compagnia e, presentandogli al petto una pistola, il prese pel braccio e 'l minacciò di morte, se nol conducea subito salvo fino al suo cavallo, che avea lasciato nella corte. Era colui un diavolo determinato, di cui non era permesso eludere i cenni; il principe il condusse a salvamento al suo cavallo, e lasciò che egli andasse alla malora. Grande intanto era divenuto lo strepito e lo spavento in Varsavia. Erasi sparsa la voce che il veneziano avea ucciso il Postòli, onde correvano a cavallo gli Ulani ed i suoi ben affetti per tutte le strade cercando l'uccisore, che non conosceano, e lanciando colpi di sciabola a tutti quelli che incontravano non vestiti alla polacca. Avevan presto tutti i mercadanti chiuse le loro botteghe, come se avessero temuto un armata di turchi, che fosse per entrar vittoriosa e dare il sacco alla città. Fortunata fu la combinazione che la notte non tardasse molto a sopraggiungere.

Questo fu il racconto che al veneziano, cagione di tutti questi accidenti, fe' il principe che, in virtù d'una pistola al petto, fu quello che aiutò l'assassino ad uscir salvo dalla casa del conte Tomatis. Giunse allora nella stanza un frate, che venne a dire che il convento era tutto circondato da guardie. Disse il principe che ciò erasi fatto per ordine del gran maresciallo della corona, che temea a ragione che non andassero gli Ulani a forzare il convento per impadronirsi della persona del veneziano e vendicar, facendone strage, l'ucciso loro colonnello.

Il tribunale del gran maresciallo della corona, cui compete tutto il criminale e che, non soggetto ad appellazione, condanna i malfattori a morte, padrone di negar la grazia della vita di qualcuno anche allo stesso re, pubblicò contro il Bissinski, che andò a ricoverarsi a Kônigsberg, un severo bando sotto pena capitale e con taglia, con confiscazione di beni e degradamento di nobiltà.

Giunse in quegl'istanti un uffiziale del principe Czartoryski palatino di Russia, che consegnò al veneziano un biglietto nel quale trovavasene incluso un altro. Quello del principe dicea così: Lisez, mon ami, ce que le roi m'écrit, et mettez votre esprit en repos: leggete, amico, ciò che il re mi scrive, e ponetevi l'animo in calma. L'incluso biglietto era del re, e dicea: J'ai donné ordre, mon cher oncle, a mes chirurgiens d'avoir grand soin de Braniski, mais j'ai su toute l'affaire, et je n'ai pas oublié le pauvre C....... Vous pouvez lui faire savoir que je lui fais grâce. – Ordinai, mio caro zio, ai miei chirurghi di aver gran cura di Braniski, ma ho saputo tutto l'affare, e non dimenticai il povero C....... Voi potete fargli sapere che gli accordo grazia. Il veneziano baciò ambi i biglietti, e bisognoso di riposo congedò la compagnia e si mise a letto.

Nel giorno seguente il Postòli mandò un suo uffiziale a complimentarlo, a portargli la sua spada, ad informarsi di sua salute ed a fargli sapere che la ferita da lui riportata non era giudicata mortale, ma bensì bisognosa di lunga cura, poiché v'era gran laceramento di tegumenti. Fu fatto dal veneziano il contraccambio, e questa reciproca visita si fece ogni giorno.

Visibile in tutte le combinazioni è la divina provvidenza, ed ingrato è colui che non vi riflette e non vuol riconoscerla. Il Postòli non perì in quel duello per aver fatto ciò che il veneziano non fece, e questo sarebbe probabilmente restato sul suolo, se avesse fatto ciò che al Postòli parve bene di fare. Tosto che il Braniski appuntò con l'altro l'ora del combattimento, e che ne fu certo, andò a confessarsi ed a comunicarsi ed udì messa con la più profonda divozione, poi stette due ore solo e non volle prendere cibo di sorte alcuna. L'evento dimostrò ch'ei dovette la vita al non aver desinato; se avesse mangiato, la palla gli avrebbe forato a traverso i tumidi intestini, e sarebbe morto. Il veneziano a digiuno avrebbe parlato in guisa affatto diversa, e non avrebbe fatto nell'altro quella impressione che, per poco che l'abbia alterato, diminuì in lui l'altra abilità, nota a tutti, ch'egli avea per colpire con palla di pistola nel taglio d'un coltello ogni volta che volea, sicché la palla rimanea tagliata. Il veneziano con la pistola non si era mai esercitato, e ad altro non si affidò, quando si risorse a cimentarsi, che alla scienza che avea, che altra linea la palla espulsa non potea descrivere che la retta; sicuro dunque di mirar dritto e di aver impedito con un buon pranzo la possibilità del tremito del suo polso, andò a battersi ed ottenne vittoria.

Discorse assai inconsideratamente un certo ragionatore, che volea sostenere che il veneziano avrebbe fatto un'azione più che eroica e forse anche una assai brillante fortuna, se avesse tirato il suo colpo non al corpo del Postòli ma all'aria.

A me pare che quando questo caso di tirar il colpo all'aria sopravvenne a questo mondo, sia sopravvenuto condotto dalla combinazione, e mai premeditato; e se premeditato ei fu, sostengo che qualunque uomo, che andò a battersi covando in sua mente questo progetto, fu un pazzo da catena, poiché il primo precetto che si dà a chi va a cimentarsi è di procurar più presto che può di ridurre il nemico impotente ad offendere.

L'arte di ridur l'avversario a scaricar le sue armi per divenir di lui padrone, appartiene a chi si batte a colpo di pistola a cavallo, dove non si può scaricare che guadagnando la groppa, poiché la testa del cavallo copre il cavaliere, ed uccidere il cavallo è una viltà, ma a piedi il giuoco è diverso. Egli è come alla spada: afferrate l'armi, ciascuno pensa a sé, ma il cortese non spara se non vede l'avversario in atto di appostar la sua, poiché appostare e tirare è un solo tempo. Il veneziano disse all'altro, tenendo la bocca della sua pistola contro terra, che tirasse il primo, per confonderlo, dandoli in quel critico momento un segno di rispetto, il quale pochi uomini hanno la forza di pensare, ma il riporsi il cappello, l'appostar e 'l tirare fu un sol tempo: e l'altro avrebbe certamente tirato il primo, se non avesse perduto il tempo ad allungar la sua guardia: tempo che il veneziano sarebbe stato uno sciocco se gliclo avesse concesso.

Che se poi il Postòli avesse tirato subito e fallato il colpo, allora posso, io che conosco il veneziano, assicurare il lettore che, nell'istante, quello di correre sopra lui sparando il colpo all'aria ed abbracciandolo amichevolmente sarebbe stato in lui un solo movimento. Queste circostanze tutte eventuali dimostrano che il tirar il colpo all'aria non può ragionevolmente mai esser l'effetto di un progetto premeditato. Ma chi può sapere che il Postòli, dopo veduto il colpo tirato all'aria, non avesse preteso di ricominciar il duello! Con certa superba gente le eroiche azioni vanno in danno di chi le fa. Saggio è colui che schiva tutte le occasioni di pari cimenti, ma chi vi si mette, a nessuna cosa dee tanto pensare quanto a disfarsi del nemico.

Resta ad esaminarsi qual sia quello di questi due combattenti che abbia, prima di battersi, dato segno di maggior religione cristiana. Il gran panattiere andò a confessarsi; ma, se disse tutto, non capisco come possa essere stato assolto; e se non disse tutto, non intendo come egli possa essere rimasto in sua coscienza soddisfatto di una assoluzione carpita. Mi fu detto che ad un uomo di guerra si trova facilmente confessore, che permette ch'ei vada a battersi e modo provisionis gli dà anche innanzi tratto l'assoluzione in articulo mortis. Questo può forse essere; ma il duello tra questi due era affatto fuori della sfera di quelli che la religione una volta permettea, cioè quando regnava lo spirito della cavalleria errante; spirito che in certi bravi regna ancora. M'immagino che il Braniscki abbia detto al confessore che il suo onore esigea che andasse a battersi, e dovendo l'onore essere dal guerriero preferito alla stessa vita, egli avrà trovato un confessore assai docile. Così la cosa debb'essere; ma resto attonito di quella coscienza che persuade di aver legittimamente ottenuta l'assoluzione.

Seppi poi in qual guisa ragionò il veneziano, il quale, cristiano cattolico, amava per lo meno quanto il Postòli l'anima sua, ed il quale non sarebbe certamente andato a battersi se fosse stato sicuro di restar morto, certissimo poi essendo che l'anima sua sarebbe andata nel foco eterno uscendo del suo corpo. Ecco la breve giaculatoria ch'ei fece a Dio nel suo pensiero. Io so, o Dio, che non posso andarmi a battere che in disgrazia vostra, poiché vado ad espormi alla prossima occasione di divenir omicida; abbiate dunque misericordia dell'anima mia, facendo ch'io non rimanga ucciso; poiché, se perissi sul fatto, conosco che non mi è neppure lecito di pregarvi ora di esentarmi dalle pene eterne dell'inferno. Concedetemi, o Dio, il tempo e la forza di pentirmi di quel peccato che per superbia vado adesso spontaneamente a commettere.

Anche questa preghiera è assurda e contraddicente; prima, perché è cosa ridicola che un uomo preghi il sovrano dei sovrani di una grazia nel tempo medesimo che sa esser a lui nota l'intenzione che ha di offenderlo; poi, perch'egli non ha bisogno di domandar perdono di un delitto ch'è padrone di non commettere; onde ne segue che commettendolo divien doppiamente reo, se temerario aspira a quel perdono. Ciò non ostante, la religione del veneziano mi sembra meno irragionevole di quella dell'altro.

Nel giorno seguente si presentò al convento un gesuita; egli si nominò confessore di Monsignor Czartoryski vescovo di Posnania, e domandò di abboccarsi con lui da solo a solo. Fatto dar luogo agli astanti, gli disse che veniva a nome di Monsignore per assolverlo dalle censure ecclesiastiche, nelle quali era incorso avendo fatto duello. Il veneziano il ringraziò, e gli disse che non si credea scomunicato, poiché sapea di non aver fatto duello. Qui vi fu una non breve seria contestazione tra lui e 'l gesuita sulla questione, se avesse fatto duello o no, la quale non si sarebbe facilmente terminata, se il gesuita non avesse escogitato un mezzo termine, che non dispiacque al preteso scomunicato. Ecco la formula con la quale confessò il suo delitto. Se ad onta che a me non sembra duello, il mio conflitto col gran panattiere della corona fu veramente duello, me ne confesso, me ne pento e domando dalla santa madre chiesa l'assoluzione del mio peccato e la riabilitazione della mia persona nella comunione de' fedeli. Detto ciò il discreto padre l'assolse, e se ne andò. Il veneziano, per buone ragioni, comunicò per lettera questo fatto al principe palatino di Russia. Gli premea che il suo affare non potesse rigorosamente essere riconosciuto per duello; ed in fatti egli a rigore non ne avea tutti i requisiti.

Il chirurgo intanto non era contento del progresso della ferita. Era nera, non gli piacea la suppurazione, il braccio era gonfio, e vedea imminente la cancrena. Il quinto giorno dopo la sfasciatura disse chiaramente che convenia ricorrere all'amputazione della mano; giunsero nel medesimo istante due chirurghi di corte, che dopo un serio esame decisero che indispensabil era il taglio. Vous consentirez donc, Monsieur, (disse il chirurgo, ch'era francese, al veneziano, che dopo cinque giorni trovavasi esinanito dalla fame) à vous laisser couper la main, nous ferons cela avec une adresse étonnante, et cela ne sera pas long; en deux minutes vous serez servi. – Monsieur (rispose l'ammalato), je n'y consens pas. – Et pourquoi, s'il vous plait? disse l'altro, ed ei rispose: – Parce que je veux garder ma main; et personne ne peut y trouver rien à redire, puisque je suis son maître souverain.

Chir. – Mais Monsieur, la gangréne va s'y mettre.

Venez. – Y est elle?

Chir. – Pas encore, mais elle est imminente.

Venez. – Fort bien. Je veux la voir; j'en suis curieux. Nous parlerons de ceci après son apparition.

Chir. – Ce sera trop tard.

Venez. – Pourquoi?

Chir. – Parce que ses progrès sont extrêmement rapides, et il sera pour lors nécessaire de vous couper le bras.

Venez. – Très bien, vous me couperez le bras; mais en attendant remettez-moi mes bandeaux, et allez-vous en.

Chir. – Voi consentirete, signore, a lasciarvi tagliar la mano. Vi faremo questa operazione con una destrezza che v'incanterà, e l'affare non sarà lungo; in due minuti sarete servito.

Ven. – Signor mio, non v'acconsento.

Chir. – Ditemi di grazia il perché.

Ven. – Perché voglio tenermi la mia mano, e non v'è alcuno che a ciò possa opporsi, poiché sono d'essa il sovrano padrone.

Chir. – Ma la cancrena...

Ven. – Dov'è?

Chir. – È imminente.

Ven. – Benissimo: io intanto voglio vederla; ne sono assai curioso. Parleremo del taglio della mano dopo la sua apparizione.

Chir. – Sarà troppo tardi.

Ven. – Perché?

Chir. – Perché fa rapidissimi progressi, ed allora sarà necessario di tagliarvi il braccio.

Ven. – Bravissimo. Mi taglierete il braccio. Fasciatemi intanto, e poi andate via.

Due ore dopo ei seppe dal principe Czartoryski, che il re gli avea detto ch'egli era un pazzo a non voler lasciarsi tagliar la mano, poiché avrebbe dovuto poi lasciarsi tagliar il braccio. Egli rispose al principe (pregandolo di ringraziar il re), che non sapea che fare del suo braccio senza la mano, onde che perdonasse se, prima di veder la cancrena, non potea risolversi a lasciarsela tagliare, ma che veduta che l'avesse, non sarebbe per opporsi all'amputazione del braccio. Vennero i tre chirurghi la sera, disposti di far l'operazione; avevano per ciò l'aria contenta e vittoriosa. Levate le fascie, la ferita fu veduta bella e netta. Si smarrirono a tal vista. Il più accorto d'essi, ch'era polacco, sostenne ch'erasi votato a qualche santo. In tre settimane egli uscì di là col braccio al collo e molto smagrito; ma sano. Era il giorno di Pasqua.

Dopo ch'egli andò a fare il suo dovere con santa chiesa, andò a corte per baciar la regia mano, e non trovò S. M. Avendo saputo che stavasi in casa Oghinski, vi si portò ed al regio aspetto baciò la real destra ponendo un ginocchio a terra; il re sollevandolo gli domandò come andasse quel reumatismo, che l'obbligava a tener il braccio al collo; e senza dargli tempo di rispondere, vi consiglio, disse, a schivar per l'avvenire tutte le occasioni di contrarre simili malattie, poiché sono mortali. L'ascoltatore rispose col silenzio ed abbassando il capo. Fatto questo, andò a fare una visita al Postòli all'appartamento ch'egli occupava in casa del gran ciambellano, e vide rimaner tutti attoniti nell'anticamera, quando domandò di esser annunziato. Entrò timidamente un uffiziale polacco, che tutt'altro s'immaginava fuori ch'egli potesse essere ricevuto, ma s'ingannò. Uscì, ordinando ad un servo di spalancare le imposte, e fu fatto entrare. Egli trovò il Postòli coricato, estenuato in ciera, ma che cortesemente gli porse la destra; accostandosi egli a lui, gliela prese e baciò a forza, e gli disse: Mi dispiace, signore, d'esser io il primo a far una visita a V. E.; vengo a dirle che riconosco d'essere stato da lei mille volte più onorato che offeso, e le domando perdono se non ho potuto nel giorno di San Casimiro dissimular quel sentimento, che fu cagione del presente suo male. Ella mi onori per l'avvenire della sua grazia e della sua protezione. La prima era una bugia, tutte le altre erano verità e veri desiderj. Egli rispose: Je suis charmé de vous voir, Monsieur; je vous demande pour le temps à venir votre amitié; je crois d'avoir assez bien payé de ma personne pour la mériter. Je vous prie de vous asseoir. Qu'on porte à Monsieur du chocolat. – Mi rallegro di vedervi, signore; vi domando pel tempo a venire la vostra amicizia. Credo di avervi assai ben soddisfatto con la mia persona per meritarmela. Vi prego di sedere. Portate a questo signore la cioccolata.

Si trattennero in varj discorsi testa a testa, ma per pochi istanti. Non passò un quarto d'ora che giunsero a quella casa più di dieci carrozze di signori che, avendo saputo che il veneziano, uscendo dal palazzo Oghinski, aveva ordinato al suo cocchiere di condurlo dal Postòli, erano accorsi, curiosi di sapere e vedere quali conseguenze dovesse avere una visita, che pareva a tutti assai strana e troppo ardita. Entrarono tutti e si rallegrarono di vedere que' due in contegno della più sincera riconciliazione. Il veneziano dovea al Postòli quella visita per tutti i riguardi, e pure non avrebbe osato fargliela solo, se il medesimo non avesse costantemente mandato ogni giorno uno de' suoi per aver nuove della di lui salute. La sua quarta visita fu fatta al rispettabile vecchio Bielinski, gran maresciallo della corona. Approssimandosi a lui gli baciò la mano.

Quel grand'uomo gli domandò s'era stato dal re; voi dovete, egli disse, a sua Maestà la vita, poiché se il re non mi avesse persuaso a farvi grazia, io vi avrei condannato a morte. Il veneziano, benché non persuaso, seppe abbassar la testa e tacere.

Egli passò due mesi in Varsavia dopo questo avvenimento, godendo di tutti gli onori, ma non tranquillo, poiché, avend'egli rifiutato molti palliati inviti di persone sospette, che dovevano terminarsi con effusione di sangue, aveva molti nemici e gran ragione di temere notturni agguati. Erano state scritte al re ed a molti grandi varie lettere anonime, che ponevano il povero veneziano nella vista la più abbominevole. Il rappresentavano esule dalla sua patria non solo, ma da quasi tutti i paesi d'Europa, qua per intacchi di caffè, là per tradimenti, per ratti, per scelleraggini infami, e dalla sua patria poi per cose nefande, giacché non poteano sapersi. Queste erano tutte calunnie, ma l'effetto delle calunnie non è fors'egli lo stesso che quello delle accuse fondate sul vero? La giustificazione le dilegua; questo è vero: ma chi ignora quanto arduo sia il giustificarsi? Tutti sanno che ad un povero calunniato non riuscì mai l'uscire dal purgatorio della giustificazione senza portar seco indelebile la macchia, che la falsa accusa gli impresse. Ciò che saggiamente oprando dee fare chi si vede preso di mira dalla perseguitatrice invidia, è di cambiar cielo. Vir fugiens denuo pugnabit. Ma dura cosa è l'andarsene, e lasciare il campo libero a' scellerati, ed accordar la vittoria alla colpa: questo è vero, ma così dee fare colui che non previde che pericoloso è sempre l'eccitare l'invidia, e che spesso chi l'eccitò dovette farne la penitenza. Non si dee però per non isvegliarla lasciar la virtù. Invidiam placare paras virtute relicta? Contemnere miser. Vitanda est improba Siren desidia.

Il veneziano si determinò ad andar a vedere la Podolia, la Volinnia, la Pocuzia e quelle Russie polacche, che con un altro nome vivono oggi sotto la disciplina di uno scettro assai più saggio del vecchio. Impiegò egli in questo giro tre mesi, né spese molto in alberghi, poiché fu sempre da per tutto dove andava con molta generosità accolto da que' grandi, che detestando il nuovo sistema tenevansi lontani dalla corte, i quali poi furono della loro indocilità puniti dall'imperatrice di Russia, quando osarono in dieta apertamente opporsi a' suoi desideri. Se il veneziano non avesse veduto que' paesi, avrebbe assai male conosciuta l'antica Polonia.

Col suo braccio, che avea ricuperato tutto il vigore, egli ritornò in Varsavia. Vide il Postòli che guarito uscìa di casa, né avealo invitato ad andare seco lui alla corte. Cenò con la principessa Lubomirski, trovandosi a tavola il re, ch'è suo cugino, e non ebbe l'onore di udir la regia voce a lui diretta. Dal principe palatino di Russia non gli fu più offerto quell'appartamento che quel signore splendido e generoso gli aveva fatto ammobigliare. Denigratum est aurum, ei disse, e ben previde ciò ch'era per avvenirgli.

Quel medesimo ajutante generale, ch'era stato presente al suo duello, venne a comandargli a nome di Sua Maestà di uscire dalla starostia di Varsavia in otto giorni di tempo. Il veneziano scrisse al principe Adamo Czartoryski una lettera di doglianza, nella quale gli rappresentava quanto ingiusto fosse il complimento che Sua Maestà gli aveva mandato a fare, ma altro il principe Adamo non gli rispose che queste tre parole: Invitus invitum dimitto. Egli scrisse allora al conte Mozinski, quello cui il Bissinski tagliò la faccia, signore ch'era sempre al fianco del re; gli scrisse che non potea ubbidire, poiché avea molti debiti e in qualità d'uomo onesto dovea pensare a pagarli pria di partire. Corse in persona quel signore alla casa del congedato per sapere a qual somma ascendevano que' suoi debiti; della qual cosa da lui istrutto con un'informazione per iscritto il lasciò, dopo avergli detto che tre lettere anonime scritte contro di lui erano state le cagioni della sua disgrazia.

Non so decidere qual de' due personaggi merita maggior correzione; se il vile che scrive contro un uomo qualunque una lettera anonima, o l'incauto che, dandole retta, fa che il perfido che l'ha scritta, ottenga il suo intento. I veleni, i coltelli, le occulte insidie non avrebbero mai fatto male ad alcuno, se non avessero trovato quelli che con l'opera loro ne fecero uscire i malvagi effetti. Colui che scrisse una lettera anonima è in somma sempre un traditore, se anche l'effetto di quella lettera possa essere un bene.

Il generoso Mozinski si portò in persona nel dì seguente alla casa nella quale il veneziano abitava e gli diede mille zecchini e 'l buon viaggio. Con parte di questi ei pagò tutti i suoi creditori, le quittanze de' quali mandò a quel nobilissimo uomo, e partì per Breslavia capitale della Slesia, dove stette otto giorni a goder della dotta conversazione e dell'ospitalità dell'abbate Bastiani veneziano, che nel capitolo di quella cattedrale gode di un posto assai distinto e d'una assai ricca prebenda.

Da Breslavia ei passò a Dresda, ed andò poi alla fiera di Lipsia, indi a Praga ed a Vienna, dove gli avvenne un assai strano accidente, del quale, se dovesse chi è assai bene informato delle particolarità scriver l'istoria, sarebbe per castigo de' lettori un volumetto poco differente da questo.

Il veneto ambasciatore, che per riguardi politici credette di non dover accogliere in sua casa il veneziano, ebbe core di salvarlo con due parole, che si lasciò a bella posta uscir di bocca trovandosi col principe Kaunitz. Quell'ambasciatore fu sempre uomo grande, ed oggi è grandissimo. L'implacabile Schrottembak ebbe quella volta una mentita. Da Vienna passò in Baviera e poi in Augusta, dove conservava particolari aderenze, e dove stette fermo sino che seppe che la principessa Lubomirski, nata Czartoryski, dovea trovarsi a Spa nel mese di Agosto. Incamminossi allora il veneziano verso quella parte, fermandosi però nel Palatinato e nel Wintemberg, a cagione di varie avventure, ed un giorno a Colonia sulla sinistra riva del Reno per finire un affare che gli stava molto a cuore e che, riguardando la materia del duello, non dee passarsi sotto silenzio.

Standosi il veneziano a Dresda, un mese dopo la sua partenza dalla Polonia leggendo sulla gazzetta di Colonia l'articolo di Varsavia, ritrovò la storia del congedo ch'egli ebbe da quella corte, in uno stile e con certe circostanze che gli dispiacquero assai. Tutte le gazzette insieme unite compongono la storia del mondo, ed i lettori d'esse, che non sanno le cose particolarmente, (e questi sono il maggior numero) si attengono, per essere informati di tutto, a quello che da esse è loro riferito: que' personaggi, che vi sono commendati, pajon loro eroi, ed hanno assai brutta idea di quelli che rappresentati vi sono ingiusti e fraudolenti, e non avendo altre a ciò contrarie notizie, quelle idee supposte da essi tratte dal vero rimangono nella loro memoria scolpite.

Non è dunque maraviglia, che siasi sdegnato il povero veneziano, trovandosi in quella gazzetta dipinto con colori che non erano i suoi, e vestito dalla menzogna in modo, in cui pareagli ingiusto, che si trovasse al mondo chi volesse ch'ei passasse al tempio della memoria. Egli non si sarebbe offeso, se avesse letto che un uffizial generale il congedò per ordine del re dalla corte, e non da tutta la Polonia, e non che ciò gli avvenne dopo che il monarca fu informato del suo vero nome, e della falsità di quelle qualità ch'egli erasi attribuite, all'ombra delle quali avea rappresentato alla corte un personaggio affatto differente da quello che dovea rappresentare. Queste oltraggiose bugie furono dal veneziano registrate nella propria sua mente con interno proposito di andare a suo agio a disingannare l'imprudente gazzettiere.

Giunto egli dunque a Colonia alla metà di Luglio, poco meno di un anno dopo la sua partenza dalla corte di Varsavia, si fece indicar la casa del gazzettiere suo panigirista, ed andò poi al suo albergo, fece porre i cavalli al suo legno, e partì prendendo la strada di Giuliere, che conduce in Aquisgrana; ma appena uscito dalla città fece alto, ordinò al servo che l'aspettasse là, e tornò solo ed a piedi alla città, dove andò a fare una visita al signor Jacquier, gazzettiere francese colà domiciliato. Entrato in casa, una serva, cui dimandò di lui, gli mostrò la stanza in cui stavasi egli solo componendo la sua gazzetta. Vi entrò il veneziano bruscamente, chiuse la porta col chiavistello, imbrandì una grossa canna che avea nella mano dritta, e cavò di sua saccoccia con la sinistra una pistola, e si avvicinò al gazzettiere, che levato da sedere stavasi immobile e tremante.

Se fate strepito siete morto, gli disse il veneziano: ascoltatemi, e fate subito quello che vi ordino di fare, perché ho fretta, e badate a non mentire, poiché la vostra vita me la pagherebbe. Appena dette queste parole a quell'uomo che non battea palpebra, gli presentò la sua gazzetta, e mostrandogli l'articolo di Varsavia gli ordinò di leggerglielo chiaramente. Appena gettativi gli occhi sopra, egli volea parlare, ma il veneziano, levando la canna, leggi, dissegli, e non parlar poi che per rispondermi il vero, se vuoi che ti conceda la vita. Egli lesse tutto l'articolo, ma con voce sì curiosamente ora tremante, ora languente, ed ora sospirosa, che il buon veneziano si sentì tutto ad un tratto colto da un sentimento di pietà, e da un tal prurito di ridere, ch'ebbe bisogno di tutta la sua forza per ritenerne lo scoppio. Finito ch'egli ebbe di leggere, il veneziano gli disse: mostrami da qual fonte hai preso questa storia, e sappi ch'io son l'uomo che con questa gazzetta tu infamasti. Egli gittossi allora ginocchione, e, chiamandosi incauto, disse che egli avea tratto l'articolo da una lettera di Varsavia: se questa lettera, gli rispose l'altro, non si trova per tua mala sorte in questa stanza, tu sei morto, e gli presentò al petto la pistola: sì, signore, egli soggiunse, cadendo a braccia aperte, debb'esser qui in questa stanza, e m'impegno di trovarvela subito. Presto trovala. Egli levossi, e si mise, standogli il veneziano a fianco, a cercare e scartabellare pacchetti in una scansia, ma tutto ad un tratto divenne pallido, andò in sudore, e si lasciò cader sopra una sedia. Il veneziano trovossi allora in un fastidioso imbroglio e quasi pentito, ma resistette ed aspettò senza parlare che quel misero si riavesse. Si riebbe, ritrovò la lettera, il veneziano la lesse, non riconobbe né nome, né carattere, se la mise in tasca, e poi ordinò al gazzettiere di scrivere sotto la sua dettatura un articolo, che si fece promettere, (e gli mantenne parola) di porlo tal quale nella sua prima gazzetta. Fatto questo, gliela fece copiare, e ritenne per sé la duplicata. Ordinogli poi di andar seco, e non gli permise di andar a prendersi un ferrajuolo, che disse di aver in un'altra stanza, per ripararsi da una pioggia che cadea dirotta. Si fece da lui condurre alla sua sedia da posta, e dopo avergli detto di guardar bene dal non meritarsi una seconda visita, gli regalò due luigi, e così fu terminata questa scena. Il gazzettiere fu puntuale, ma il veneziano non rimase appieno soddisfatto, poiché non poté mai sapere chi sia stato colui che con quel nome a tutti ignoto scrisse quelle bugie. Il gazzettiere meritava d'essere ben bastonato, nulla per altro se non perché credea che l'ostensione di quella lettera bastasse a dichiararlo innocente; ma il veneziano è bravo per ruminar vendette, debole poi quando si viene al punto di eseguirle, poiché per sua buona sorte è sottoposto al sentimento di pietà, sentimento eroico, che è gran peccato, che quando il pensatore l'esamina, lo scorga procedente da debolezza d'animo. Oggi poi quest'uomo è divenuto tale, che non v'è avversità per lui sopra la terra capace di alterarlo che per brevi istanti. Egli si concentra a compatire chi il condanna, a deplorare chi confida negli uomini, a disprezzare i superbi, ed a desiderare di divenir utile a tutti quelli che gli sono stati di nocumento, vendetta sublime ed eroica, se pure non vada accoppiata con un poco di superbia, il che è da temersi. Le persone, che nella sua patria egli stima, sono poche, ma ha il piacer di vedere che quelle poche sono munite di quel vero merito, che non si lascia discernere che dagli occhi del saggio. Del solo suffragio di queste egli va in traccia, e disgustato del mondo, poiché non gli somministra più voluttà alcuna, aspetta senza desiderarla e senza temerla, la natural dissoluzione della sua macchina, procurando di mantenerla tranquilla e sana. Tra i suoi difetti non è il minore quello ch'egli ha di voler far conoscere certe verità di mondo a persone che, prevenute troppo in proprio favore, non sono suscettibili di documento, o non possono soffrire che scaturisca da chi riguardano come loro subalterno. Quando il veneziano sarà divenuto ben saggio, se pure avrà tempo di divenirlo, contento di ciò che sa e disposto sempre ad imparare da chi ha più esperienza di lui, lascerà che tutti credano quello che vogliono, e non vorrà a forza istruire del vero chi ricalcitrante ripugna a spogliarsi delle false idee e notizie che nutrisce. Gli uomini per natura son tali che non si possono disporre ad imparare cosa alcuna da quelli che vogliono far loro da maestri a forza: ed hanno tanta ragione quanto han torto i primi.

Ma è tempo di terminare. Il veneziano andò a Spa, poi a Parigi, dove fermossi tre mesi per convincere il re di Polonia della falsità di una lettera anonima, poi in Ispagna, dove soffrì massime disavventure ed insidie alla propria vita per cagioni che, s'egli fosse stato saggio, non si sarebbero verificate: resistendo però costantemente, superò tutte le difficoltà, uscì di quel regno, attraversò il Linguadocche, la Provenza e 'l Piemonte, e andò a scrivere la confutazione di una maligna istoria in un paese di cui non sarebbe uscito se un ministro di stato non l'avesse scosso, svegliando in lui l'ambizione di entrare nella spedizione de' russi sul mare contro il re de' turchi. Fu egli a Livorno dove il suo destino fe' che il conte Alessio Orloff non l'accettasse con le condizioni ch'egli volea. Andò allora a Napoli, e indi a passare un anno a Roma e poscia a Firenze; ma in capo a sei mesi dovette uscirne per sovrano comando, e per ragioni che saranno certamente state legittime, poiché saggia è quella mente cui erano note, ma che il veneziano non fu mai degno di sapere né di immaginare. Lasciata la Toscana, andò a Bologna dove soggiornò nove mesi, poi andò in Ancona per farsi trasportare di là dal mare. Stette due anni in Trieste, e ritornò verso la fine dell'anno 1774 per sovrana clemenza nella sua patria, del favor della quale s'ei fosse degno, troverebbe in essa facilmente il proprio sostegno.

Questo pezzo della storia del veneziano serva a disingannare quelli che bramano ch'egli la scriva tutta. Sappiano che s'ei si disponesse a servirli, non potrebbe mai risolversi a farlo in stile ed in metodo differente da quello di cui questa narrazione offre loro il saggio. Prospetti, riflessioni, digressioni, minute circostanze, osservazioni critiche, dialoghi, soliloquî, tutto dovrebbero soffrire da una penna che non ha né

35

vuole aver freno, poiché è sicura di non spargere reo o bugiardo inchiostro, atto a macchiar le convenienze della società, a render sospetto l'umil sentimento di suddito fedele, a far rivocare in dubbio i doverosi pensamenti dell'uomo cristiano.

IL FINE.